LA FIANCÉE DU DRAGON

LES DRAGONS AMOUREUX

KARA LOCKHARTE

SMARTIA
PUBLISHING

CHAPITRE 1

— COMMENT ÇA, JE SUIS PROMISE À UN MARIAGE arrangé ?

Je jetai un coup d'œil à mon téléphone. Une seule des barres de réseau était remplie, expliquant la voix à peine audible. Je devais avoir mal entendu. Impossible que ma grand-mère, du genre « Alexander McQueen avec sa pochette, ses Bitcoins et ses jeux d'argent », puisse dire une chose pareille.

— Grand-mère ?

Je regardai à nouveau mon téléphone et vis que l'appel avait été déconnecté.

Génial ! Je chancelais sur les stupides talons que j'avais achetés ce jour-là, dans le musée où je travaillais. Le bâtiment du début du vingtième siècle était splendide, avec ses cadres de fenêtre sculptés à la main et ses sols en marbre italien, mais le réseau de téléphonie mobile y passait atrocement mal. Je zigzaguai entre les piles de livres poussiéreux posés à même le sol, me frayant un chemin dans le labyrinthe de box qui constituaient le bureau des étudiants en doctorat.

Grand-mère adorait jouer. Autrefois, elle s'était livrée à des jeux politiques, misant le destin des peuples comme elle miserait au casino, et à présent, elle investissait ce talent dans la bourse et la monnaie virtuelle.

À l'extérieur, je descendis à pas laborieux l'immense escalier de pierre. De gros pigeons gris me lancèrent des regards furieux, esquivant mes chaussures. J'appuyai sur la touche *bis* de mon téléphone et elle décrocha presque immédiatement.

— Tu as perdu un pari, pas vrai ? Tu sais, je suis presque sûre que ce n'est pas légal de proposer la main de ta petite-fille en mariage comme garantie.

À côté de moi, des touristes chinois avaient une conversation animée à propos des meilleures pizzerias du Lower East Side.

Grand-mère souffla.

— Non, Sophie. J'ai passé un accord pour que nous soyons autorisées à venir dans ce pays. C'était une époque différente, plus désespérée.

J'avais essayé de m'assimiler, de m'adapter à la vie humaine aux États-Unis : jeans, nuggets de poulet et doctorat en conservation de musée. Tout cela était plus facile que de me souvenir de qui j'étais vraiment, la raison pour laquelle tant de membres de ma famille étaient morts.

Je fis les cent pas, essayant de soulager l'énergie nerveuse d'une frustration bien trop familière.

— Je n'avais même pas un an. Il est impossible que cela soit recevable devant le tribunal.

Grand-mère émit un toussotement offusqué et sec, comme elle le faisait chaque fois qu'elle en avait assez de m'entendre geindre.

— Pas légal selon les critères humains, non. Mais selon ceux de notre peuple, oui. J'ai essayé de te laisser vivre ta vie en liberté et faire tes propres choix autant que tu le pouvais. Mais ma protection ne va pas tenir pour toujours. J'ai besoin de savoir que tu es en sécurité. Et le mariage dans cette famille te protégera.

Sa voix devint plus dure.

— Sophie, tu es la dernière de notre lignée. Même si ton pouvoir ne s'est pas manifesté, le potentiel de ton sang est encore là. C'est le seul moyen de te maintenir en sécurité.

J'étais ceinture noire de Krav Maga et j'avais suivi un entraînement approfondi en armes à feu avec un vieux ranger grisonnant, ex-tireur d'élite de l'armée, qui m'avait dit que j'avais du potentiel. Apparemment, rien de tout cela n'avait d'importance. Je devais être protégée. Contrairement à ma grand-mère, ma mère et mon père avant moi, je n'avais pas de pouvoirs magiques.

Je cessai de faire les cent pas et me pinçai l'arête du nez. Nous avions beau faire semblant d'être humains, ce n'était pas le cas.

J'agrippai le téléphone plus fort.

— Pourquoi est-ce que tu ne me l'as jamais dit auparavant ?

— Avant d'en arriver là, j'avais espéré que certains plans que j'ai organisés, les champions que j'ai envoyés contre le monstre, réussiraient.

Il y avait une pointe de tristesse dans sa voix.

— Mais chaque fois qu'il se bat, il apprend. Et jour après jour, il devient de plus en plus puissant.

Mon alarme vibra, me faisant sursauter au point de laisser tomber mon téléphone. J'essayai de le rattraper, mais il était trop tard. Quand je le ramassai, il y avait une fine rayure sur l'écran. Fantastique.

Je pris l'appareil, mis le haut-parleur et parlai plus fort que je ne le souhaitais, surprenant les pigeons qui sautillèrent avec agacement.

— Grand-mère, je dois me préparer pour ma conférence.

— J'ai autre chose à te dire. Mais nous parlerons plus tard. Bonne chance pour ta présentation, Sophie.

Elle raccrocha, sachant que je n'étais pas d'humeur à dire au revoir.

Autre chose ? Quoi d'autre pouvait-elle me dire ? Ensuite, elle me révélerait que j'étais en réalité une enfant humaine adoptée. Et encore, cela aurait été moins surprenant.

La photo de nous deux apparut sur l'écran verrouillé de mon téléphone.

Nous étions si différentes, elle et moi. Grand-mère, avec sa peau blanche et ses cheveux lisses, et moi, la peau mate et de vagues boucles ondulées. La seule chose que nous partagions était la forme de nos yeux, que les humains qualifiaient d'asiatiques. À l'école, j'avais toujours coché la case qui me chantait. Tantôt africaine, asiatique, caucasienne ou hispanique : je les avais toutes revendiquées de manière convaincante. Grand-mère se moquait de l'idée de nous étiqueter en fonction des concepts ethniques humains.

— Notre famille s'étend sur toute la Terre, avait-elle dit. Une Shen ne s'identifie pas en fonction des groupements tribaux des humains, tout comme un lion ne se distingue pas selon les particularités des royaumes des fourmis.

Nous avions beau leur ressembler et faire semblant d'en être, nous n'étions pas humains. Nous étions les premières formes de vie intelligente sur cette planète et nous étions connectés aux profonds nœuds magiques de la Terre. Les humains avaient de nombreux noms pour nous : fée, yokai, djinn, apsara, dieux, démons, monstres et ainsi de suite. Ils semblaient ne jamais se rendre compte que nous ne formions tous qu'un seul peuple. C'était étrange que les humains ne l'aient pas compris, étant donné qu'ils étaient eux-mêmes composés d'une grande variété de couleurs, de gabarits et de caractéristiques. Gengis Khan, Gandhi et Gertrude Stein étaient humains, tous autant que les autres, et pourtant aussi différents que l'eau l'était du feu. Mais les humains persistaient à croire que l'apparence physique des créatures magiques capables de se métamorphoser indiquait non pas une, mais plusieurs espèces différentes.

Ce n'était pas le cas. Nous avions beau avoir des forces et des pouvoirs magiques différents, des gorgones aux nagas en passant par les oiseaux-tonnerre, nous étions tout simplement des Shens.

Cependant, des années et des années de mélanges avec les humains avaient dissipé la majeure partie de notre magie légendaire.

Quant aux Shens encore doués de pouvoirs ? Ils n'étaient pas de taille pour lutter contre la Dévoreuse, qui était entrée dans ce monde à la recherche de nouvelles victimes.

Y compris mes parents.

Ils étaient morts pour me sauver, sans savoir qu'ils gâchaient leur vie pour la Shen impardonnablement imparfaite que j'étais.

Mon téléphone vibra à nouveau. C'était l'alarme programmée pour la préparation de l'événement que j'avais à la fois appréhendé et attendu avec impatience au cours des six derniers mois. L'heure était venue de faire ma présentation dans le cadre de ma bourse d'études supérieures, sur les motifs religieux dans l'art de l'Orient et du Proche-Orient au musée.

~

LA CONFÉRENCE publique exigée par ma bourse me donnait bien plus de maux d'estomac que ma soutenance de thèse devant un jury de pairs et d'experts. Je devais simplifier les choses, faire allusion à d'autres domaines qui n'étaient pas nécessairement ma spécialité et rendre le sujet plus attrayant pour le public – j'étais la première à admettre qu'un débat sur l'application appropriée du jus de kaki pour la conservation de rinceaux pouvait devenir assez ennuyeux.

Je fis glisser mon doigt sur la tablette que j'avais à la main, changeant de diapositive. Une sculpture sur bois tlingit, représentant une femme aux yeux fermés et tout ensanglantée, entourée de bouches, figurait à côté d'une peinture sur rouleau japonais de l'époque de Heian.

— Comme vous pouvez le voir, l'image de la Dévoreuse se retrouve dans plusieurs cultures, depuis la Rome Antique jusqu'au Japon de Heian en passant par les sculptures totémiques des peuples tlingits des Premières Nations du Canada.

Je passai d'une diapositive à l'autre, continuant d'avancer et de parler, tout en essayant d'ignorer le regard saisissant de l'homme assis au fond de la salle. Il était entré environ cinq minutes après le début de ma conférence et je ne parvenais pas à comprendre pourquoi sa présence me faisait un tel effet.

C'était idiot de ma part de mentionner la Dévoreuse, mais j'avais ressenti une bouffée d'audace, que Grand-mère avait un jour décrite comme étant le lot des jeunes et des téméraires.

Et pourtant, curieusement, elle m'avait donné sa bénédiction pour parler du monstre.

Petit renard, les choses ont beau être difficiles, je veux que tu t'épanouisses autant que possible, et jamais dans la peur.

Cet homme ne pouvait pas travailler pour la Dévoreuse, si ?

Jadis, les gens ne prononçaient pas les noms des dieux et des monstres en vain. Ils avaient bien raison. En l'occurrence, c'était exactement ce que j'étais en train de faire.

Je traversai la scène, faisant claquer mes talons.

— Bien entendu, ce n'est pas le seul motif commun entre les cultures. Les dragons sont un autre élément récurrent...

En dépit de ma peur et de mon inquiétude, la conférence passa plus vite que je ne l'avais imaginé. Tandis que la foule se dissipait, ma future patronne – l'assistante de conservation de l'illustre Metro Museum de New York – s'approcha de moi. Malgré mes talons, je devais quand même lever les yeux vers la grande femme noire. Son accent britannique était aussi net que les plis de son pantalon.

— C'était excellent, Sophie. Vous avez parfaitement répondu à toutes ces questions.

L'homme de grande taille et aux épaules

larges s'attardait au fond de la salle, adossé contre le mur, faisant glisser son doigt sur son téléphone tandis que la foule se dispersait autour de lui. Pourquoi restait-il là ? Il y avait quelque chose d'extraordinaire chez lui que je ne parvenais pas à comprendre, mais le costume noir au col ouvert et la cravate desserrée lui donnaient l'air d'être un simple employé en pause déjeuner.

— Hum, merci.

Son costume semblait fait sur mesure, mais je n'arrivais pas à chasser l'impression qu'il s'agissait plutôt d'un déguisement que de sa véritable apparence. Non, il n'était pas juste un employé, pas avec cette assurance et cette posture. Plutôt un PDG.

Elle suivit mon regard, amusée.

— Plutôt bel homme.

Au même moment, il leva les yeux, surprit nos regards sur lui et nous renvoya un sourire. Le brouhaha se dissipa pendant un instant et mes oreilles s'emplirent d'un bruit grave et sourd.

Je clignai des paupières.

Tout revint aussitôt à la normale. Mis à part le fait qu'il était… plus proche ? Se dirigeait-il vers moi ?

Ma patronne me fit un clin d'œil.

— Oh, si j'avais encore vingt ans. Il doit avoir une question pour vous.

— Oh, hum, je, euh…

Je sourcillai.

— Quoi ?

— Répondez à ses questions. Cela fait partie des attentes du public, après tout.

Avec un nouveau clin d'œil, elle ajouta :

— On se verra plus tard.

Mon cœur accéléra tandis qu'il s'approchait.

— Bonjour.

Ma voix était plus aiguë que je ne le voulais. Je levai les yeux vers lui.

— Avez-vous une question à propos de la conférence ?

Il me regarda de ses yeux d'un brun clair et doré. Il avait des pommettes de mannequin et le genre de menton qui serait ressorti à merveille sous les bandes des casques portés par les centurions romains.

J'eus la plus étrange des sensations qu'il me déshabillait, retirant non seulement mes vête-ments, mais me dénudant jusqu'aux tréfonds de mon être. Mes muscles se raidirent à l'excès, prêts à lutter ou à s'enfuir, les deux à la fois peut-être.

Sa voix grave et calme effleura ma peau comme une caresse.

— J'ai beaucoup de questions, mais je n'ai pas le temps d'en poser une seule.

— Eh bien, hum, il y aura une autre confé-rence dans, hum…

Je jetai un œil à ma montre, même si je savais précisément quand la prochaine présen-tation aurait lieu.

— Environ une heure ?

Bon sang, pourquoi avais-je dit cela comme s'il s'agissait d'une question ?

Le coin de ses lèvres pulpeuses s'étira en un sourire.

— Est-ce que vous allez la diriger ?

— Non.

— Dommage.

Il se retourna, jeta un œil par-dessus son épaule et m'adressa un signe de la tête.

— J'ai aimé vous écouter.

CHAPITRE 2

PEUT-ÊTRE ÉTAIT-CE LA NOUVELLE À PROPOS DE mes soi-disant fiançailles, à moins qu'il s'agisse juste du soulagement de savoir que ma conférence était terminée, mais après cela, je me sentis agitée, comme si de l'électricité vibrait sous ma peau.

Je ne cessais de penser à la façon dont cet homme m'avait regardée, comme s'il... me comprenait.

Les Shens contrôlaient l'apparence de la forme humaine de leurs descendants et Grand-mère avait conçu la mienne de sorte qu'elle soit parfaitement ordinaire. Des cheveux foncés et ondulés, une peau brune qui reflétait parfaitement le mélange des teints humains de ma mère et de mon père, et des yeux marron cachés derrière des lunettes. Quand Grand-mère avait réalisé que je n'aurais aucune capacité shen, elle s'était assurée de donner à mes traits des proportions suffisantes pour qu'avec du maquillage et quelques vêtements astucieux, je puisse attirer l'attention si je le voulais.

Et il m'avait regardée comme s'il pouvait voir à travers tout cela.

Je secouai la tête dans un effort inutile pour chasser cette image. Il y avait plus de neuf millions d'habitants à New York : la probabilité que je le revoie était quasi-nulle.

De plus, j'avais d'autres soucis en tête, comme le fait que la protection magique de Grand-mère soit en train de faiblir.

Mon épaule picota là où Grand-mère avait placé sa main et tracé un symbole de protection sur moi, il y a si longtemps. Il tenait encore bon.

Pour l'instant, j'avais toujours ma liberté.

Je m'appuyai contre le dossier de ma chaise grinçante, mes pieds enfin libres sans ces stupides talons. J'étais seule dans le bureau des étudiants en doctorat. Le soleil de fin d'après-midi passait par la fenêtre, formant des rayons si nets qu'ils étaient presque solides, à l'exception des particules de poussière qui y dansaient. À cette époque de l'année, la lumière était bonne pour aller faire du jogging et il y aurait beaucoup de monde en train de courir également.

Je serais en sécurité dans la masse humaine.

Je pris le sac qui se trouvait sous mon bureau, me changeai dans la salle de bain et, quelques minutes plus tard, j'étais sous les arbres en train de courir à en perdre haleine.

Je courais aussi vite que possible, échappant aux pensées qui me troublaient. Je me concentrai sur les rythmes énergiques qui pulsaient dans mes écouteurs, et pourtant, les mots de Grand-mère ne cessaient de me revenir à l'esprit.

Promise.

Mariage. Arrangé.

Mariage.

Mon cœur battait à tout rompre, mon sang circulait à toute vitesse et ma respiration accélérait, mais mon esprit s'accrochait à ces mots comme une femme s'agrippant à la barre du métro plein à craquer pour garder l'équilibre.

Je tournai au coin et descendis une rue vide.

Un jour, Grand-mère m'avait conseillé de fermer les yeux et de hurler dans ma tête. C'était une bonne manière de soulager le stress, de libérer les émotions et, bien entendu, de désorienter temporairement les potentiels liseurs de pensées à proximité.

Pendant un instant, je fermai les yeux et criai dans mon esprit, comme ma grand-mère me l'avait appris.

Je heurtai un mur. La douleur explosa à travers mon corps. Je me retrouvai affalée sur les fesses, d'épais graviers m'entaillant la peau.

— Est-ce que ça va ? fit une voix masculine retentissante et familière.

Je levai les yeux pour découvrir un short de course noir surmonté d'abdominaux bien définis, des muscles nervurés et ondulés montant jusqu'à un mur de pectoraux. Ses lunettes de soleil étaient de travers et ses yeux fauves et dorés me regardaient d'un air indéchiffrable.

Mes joues devinrent immédiatement brûlantes. Je savais exactement qui il était – l'homme du musée – et ma respiration se bloqua dans ma gorge. Je ne trouvais rien à dire.

Il répéta sa question en me tendant la main.

— Est-ce que ça va ?

Je fermai les yeux avec embarras, essayant de faire comme si je ne venais pas de me ridiculiser atrocement.

— Je suis désolée. Je ne vous ai pas vu.

Il s'agenouilla et me parcourut du regard. Son odeur de sel, de virilité, avec un soupçon étonnamment attrayant, était surprenante.

— Vous n'avez pas l'air blessée.

Il ramassa quelque chose à côté de moi et me le tendit doucement.

— Malheureusement, je ne peux pas en dire autant de votre téléphone.

Je fixai des yeux mon appareil brisé. J'essayai de l'allumer. Il y eut une lueur vive, puis il rendit l'âme.

— Faites attention, dit-il. Les coins brisés peuvent être tranchants.

Je laissai échapper un grognement grave.

— Je ne savais même pas que les téléphones pouvaient se casser comme ça. Je viens de télécharger une carte de métro virtuelle.

— Laissez-moi deviner, sans l'application du

métro de votre téléphone, vous êtes coincée, dit-il.

Un autre joggeur passa et, après coup, je me rendis compte que j'étais encore par terre. Je tentai de me relever et il me tendit à nouveau la main. Sans réfléchir, je la pris et sentis sa grande paume chaude se refermer sur la mienne et me tirer sans effort.

— Écoutez, dit-il. Je suis désolé pour votre téléphone. C'est ma faute s'il est cassé. Laissez-moi vous faire un chèque. Je n'habite pas loin d'ici. Si vous en avez besoin, vous pouvez utiliser mon téléphone pour appeler quelqu'un.

— Merci. Mais ça va aller, dis-je, les mots fusant automatiquement de ma bouche avant que je puisse les arrêter.

Je n'aimais pas accepter l'aide des inconnus. En particulier des beaux inconnus.

Il me regarda, de ses yeux dorés sans filtre, tentation insoutenable à laquelle je savais que je ne pouvais pas céder en cet instant. Merde, pourquoi ne l'avais-je pas rencontré la veille ?

— Laissez-moi me racheter.

Il était sexy, beau, et il me fixait du regard comme si je l'étais, moi aussi.

Le symbole invisible sur mon épaule se mit à picoter, me rappelant ma grand-mère, les fian-çailles secrètes, la détermination de mon avenir sans le moindre : « Qu'est-ce que tu en penses, Sophie ? ». Ce n'était pas parce que je n'avais pas de pouvoirs magiques que je ne devrais pas avoir mon mot à dire quant à la personne qui allait devenir mon mari.

Un mariage arrangé, mon œil.

— En fait, je pourrais bien accepter cette offre.

J'essuyai ma main sur mon short et la lui tendis.

— Je m'appelle Sophie.

Il regarda ma main un instant avant de la serrer.

— Hunter, dit-il avec empressement.

— Vous faites de la télé ou quelque chose comme ça ?

Il rit et me serra la main. Curieusement, j'eus la sensation étrange de m'être fait attraper.

∿

JE N'AVAIS JAMAIS ÉTÉ lente en aucun cas. Au lycée, je faisais de l'athlétisme et j'avais continué à courir autant que possible.

Après tout, c'était une aptitude qui pouvait me sauver la vie un jour.

Et j'avais beau savoir que j'étais rapide, j'avais la nette impression qu'en dépit de la taille et du gabarit de Hunter, il pourrait facilement me rattraper s'il le voulait. Il faisait de grandes enjambées et se déplaçait avec une rapidité nonchalante.

Il courut avec moi jusqu'au musée et m'attendit à l'extérieur pendant que je me précipitais dans le bureau pour prendre mon sac. Nous marchâmes le reste du chemin jusque chez lui. Comme il l'avait annoncé, il vivait à proximité. C'était dans le bâtiment que j'admirais chaque jour en allant au travail. Avec des aigles Art déco des années 1920 richement sculptés, aux ailes déployées, un cadre prisé pour les tournages de films et devant lequel les touristes s'attardaient souvent.

Il désigna une entrée de cour en forme d'arche, architecture plutôt rare à Manhattan.

Je m'efforçai de ne pas rester bouche bée ni bégayer de stupéfaction.

— Pratique.

— On peut le dire, répondit-il en adressant un signe de tête au portier sikh enturbanné qui s'adressa à lui en tant que « Monsieur Hunter ».

— Monsieur Hunter ? répétai-je.

Je suivis Hunter vers des portes d'ascenseur, à l'arrière. Elles s'ouvrirent. Il me fit signe d'entrer avant lui et je m'exécutai. Quelque chose dans sa présence derrière moi me poussa à me plaquer contre le mur du fond pour lui laisser de la place.

— Ils sont très formels, dans cet immeuble.

Il était à côté de moi, si proche que nous nous touchions presque.

Dans l'espace minuscule, son parfum curieusement délicieux m'enveloppait. Je regardai droit devant moi, déterminée à ne pas fixer les perles de sueur luisante qui s'accrochaient à ses biceps aussi volumineux que ma tête.

Il inséra une clé en laiton dans la fente, la

tourna et appuya sur le bouton PH. Bien entendu, il vivait au *penthouse*, l'appartement-terrasse. Où d'autre pourrait-il habiter ?

Les appartements dans les immeubles comme celui-ci étaient des trésors conservés pendant des générations.

— Est-ce que votre famille vit dans ce bâtiment depuis longtemps ?

— Pas vraiment. Je l'ai gagné dans un jeu de hasard.

— Une sacrée mise.

Son sourire de pirate était assorti aux trésors et aux jeux d'argent qu'il évoquait.

— Ce n'est pas drôle, sinon.

L'ascenseur tinta et les portes coulissèrent sur un salon moderne et épuré, décoré avec goût, principalement avec des tons neutres, gris et blanc, et des touches de couleur çà et là.

Les paroles d'une chanson me vinrent à l'esprit : *Dans la tanière du dragon entra la jeune fille.*

Il entra d'un pas nonchalant.

— Détendez-vous. Je vais aller vous chercher mon téléphone et un peu d'eau.

Je franchis lentement le seuil, le suivant à travers le salon jusqu'au coin cuisine rénové. Tout y était argenté et gris, aussi froid et immaculé qu'une page de magazine, à l'exception du téléphone branché presque négligemment sur une prise située au-dessus du plan de travail.

Je pris place à l'îlot central.

— Vous ne passez pas beaucoup de temps ici, pas vrai ?

— Est-ce si évident que ça ? Je voyage beaucoup pour le travail.

Il débrancha son téléphone, y tapa quelque chose et le posa devant moi.

— J'ai ouvert mon application bancaire. Vous n'avez qu'à entrer votre adresse e-mail, le montant qu'il vous faudra pour un nouveau téléphone, puis l'expédier.

— Vous êtes très confiant, dis-je avec humour. Comment savez-vous que je ne vais pas prendre tout votre argent ?

Hunter m'examina de son regard pénétrant.

— Je ne le sais pas.

Cela ressemblait presque à un test. Il me tourna brusquement le dos.

— Le code est 3752, au cas où il se mettrait en veille. Je vais me laver et enfiler des vêtements propres.

J'essayai de ne pas penser à lui nu sous la douche, mais cette image mentale provoqua une chaleur sur ma peau qui fut difficile à ignorer.

Je pris le téléphone et l'effleurai du doigt pour réduire l'application bancaire. L'écran de verrouillage apparut, montrant la photo jaunie d'un homme avec le menton de Hunter et d'une femme aux mêmes yeux que lui, qui riaient sur un cliché pris sur le vif. Il s'agissait de la version numérisée d'une photo papier. Je savais d'expérience qu'en général, les gens de notre âge n'affichaient pas en fond d'écran les photos de leurs parents dans leur jeunesse.

À moins qu'il n'y ait eu une tragédie.

Moi aussi, j'avais la photo de mes parents en image de fond.

Je croisai les jambes et saisis le code. La photo fut remplacée par une autre, représentant des palmiers et une plage de sable blanc.

Je fixai bêtement le téléphone. Qui appeler ? Ma colocataire était quelque part en Asie et ma grand-mère n'était même pas en ville. Le plus simple serait d'emprunter le prix d'un ticket de métro, mais cela m'agaçait. Si les histoires de famille m'avaient appris une chose, c'était de ne jamais avoir de dette envers un humain.

Bien sûr, il ne saurait jamais que j'étais autre chose que ce dont j'avais l'air.

Je tenais son téléphone, m'efforçant de résister à la tentation de fouiner. Les photos ? Les e-mails ? Les contacts ? Toute sa vie était entre mes mains.

Je découvris une photo de palmiers. Une seconde, n'était-ce pas une sorte d'image par défaut ? Tout doucement, je fis glisser mon doigt sur l'écran. Aucune application, mis à part les standards. Aussi dépourvu de personnalité que son appartement, sauf l'écran de verrouillage.

Étrange.

Il revint avec les cheveux mouillés, portant une chemise élégante dont les manches moulaient ses biceps.

Il sentait le savon et le shampooing sans parfum particulièrement original, mais il me déconcentrait quand même. Je posai rapidement le téléphone. Même s'il me l'avait donné, pour une raison ou pour une autre, j'avais soudain l'impression que je n'étais pas censée l'avoir.

Je m'accoudai au plan de travail et perchai mon menton sur la paume de ma main.

— Qu'est-ce que vous faites, déjà ?

Il posa un verre d'eau devant moi. Un glaçon cliqueta contre le verre.

— Un peu de ci, un peu de ça.

Je passai mon doigt sur le bord du verre, ignorant le téléphone. Il était temps de l'interroger sur son numéro de bel inconnu mystérieux.

— C'est la non-réponse la plus informative du monde.

Ses lèvres esquissèrent un sourire. Il se pencha vers moi, appuyant ses avant-bras épais sur le plan de travail.

— Intéressée par toute l'histoire de ma vie, hein ? Par où devrais-je commencer ?

J'imitai son mouvement et me penchai plus en avant.

— Vous allez vraiment me la raconter ?

— Eh bien, je peux commencer par mon premier souvenir : je tenais fermement un éléphant en peluche rose appelé Fanfan.

L'idée de cet homme sérieux et robuste s'accrochant à un éléphant rose en peluche me fit éclater de rire. Un sourire apparut sur son visage, qui fit battre mon cœur terriblement plus vite. Ma vie était déjà bien assez compliquée sans que j'aie besoin de rencontrer un homme dont le sourire me faisait l'effet d'un chant de sirène.

— Est-ce que vous avez appelé quelqu'un ?

— Non. Je ne connais le numéro de personne. Tout était dans mon téléphone. Puis-je emprunter le prix d'un ticket de métro ?

Il prit une gorgée d'eau, puis regarda à l'intérieur de son verre. Apparemment, les glaçons qui s'y trouvaient étaient fascinants.

— Vous savez, si vous avez besoin que je vous ramène chez vous, je peux le faire.

Je pris mon verre et examinai mes glaçons tout aussi attentivement.

— Vous annulerez cette proposition dès que je vous dirai où je vis.

Il grimaça.

— Vous vivez dans le New Jersey, pas vrai ? Laissez-moi deviner, Hoboken.

Je posai le téléphone.

— Ça, c'est presque insultant.

— Oh, certains de mes amis les plus proches sont de Hoboken. Il n'y a rien de mal à vivre dans le New Jersey.

Je le regardai et nous éclatâmes à nouveau de rire, tous les deux en même temps.

— Dans le Queens, dis-je.

— Eh bien, au moins ce n'est pas Hoboken.

Nous rîmes à nouveau.

— Je suis sérieux. La voiture est en bas et quand la circulation se calmera, dans une heure ou deux, je vous ramènerai chez vous.

Une heure ou deux avec lui. La perspective était tentante. Avec un homme aussi séduisant, c'était trop beau pour être vrai. Le problème n'était pas que je souffrais de manque de confiance en moi ; c'était plutôt que, de façon pragmatique, j'étais consciente d'être très ordinaire et peu mémorable, surtout comparée à la beauté renversante de ma mère et de ma grand-mère dans la fleur de l'âge. Pour moi, dans les circonstances actuelles, la beauté était une arme qui pouvait être utilisée pour me trouver.

Pourtant, il me regardait de ces yeux dorés comme si j'étais la femme la plus captivante au monde.

Peut-être était-il l'un de ces humains capables de sentir la magie. Certains étaient attirés par cela, même s'ils ne savaient pas de quoi il s'agissait. Et en dépit des preuves du contraire, Grand-mère disait qu'il y avait de la magie dans mon sang, même si je ne pouvais pas l'utiliser ni la manipuler.

C'est pourquoi je préférais être avec les humains. Ils ne me regardaient pas avec de la pitié dans les yeux.

Je m'imaginais à la place de Grand-mère, l'une des plus grandes magiciennes des Shens, toujours confiante et jamais mal à l'aise.

— Si j'accepte effectivement cette offre, Hunter, dis-je en faisant traîner ma voix sur son nom, qu'allons-nous faire pendant une heure ou deux ?

La climatisation se mit en marche et un

vrombissement se fit entendre dans la pièce. L'air froid se mit à souffler au-dessus de moi. Mes tétons durcirent à cause du changement de température et il baissa aussitôt les yeux vers ma poitrine.

Ses pupilles se dilatèrent. Une douce chaleur frémit dans mon bas-ventre devant sa réaction.

— J'ai bien quelques idées en tête.

Je ne pus m'empêcher de déglutir. À quoi étais-je en train de penser ? Je n'étais pas ma grand-mère, je n'avais pas d'expérience à ce jeu. Je n'étais pas du genre à avoir des aventures d'un soir avec un homme que je venais de rencontrer. Peut-être était-ce la Shen en moi, toujours est-il que j'aimais apprendre à connaître quelqu'un : la séduction, l'interaction, la chasse. Même si je n'étais pas une grande Shen en ce qui concernait la magie, nous étions tous des chasseurs dans l'âme.

Je croisai les bras et me déplaçai sur le tabouret suivant, à l'écart de l'air conditionné.

— Au musée, dis-je prudemment, articulant pour lui montrer qu'il ne me troublait pas les idées, vous avez dit que vous aviez des questions pour moi. Voilà l'occasion de les poser.

Hunter rit. Il contourna le plan de travail pour venir s'asseoir sur le tabouret voisin, qu'il fit pivoter vers moi. Il était si grand que ses genoux touchaient presque les miens.

— Alors, Sophie, les questions sont ouvertes. Ça me plaît.

Je lui adressai un regard sensuel exagéré.

— Pour tout ce que vous voulez savoir sur les points communs entre les divers objets religieux antiques du Moyen-Orient et de l'Asie, je suis celle qu'il vous faut.

Il affichait un grand sourire, mais celui-ci était aussi éloigné de son regard que le désert l'était de l'océan.

— Je veux en savoir plus sur la femme aux bouches.

CHAPITRE 3

JE REGARDAI LE VERRE DANS MA MAIN, FAISANT tournoyer l'eau et écoutant les glaçons tinter tandis que j'essayais, sans grand succès, de réprimer la fraîcheur de la pièce. Entre tous les sujets, il avait choisi de me poser des questions sur la menace. Le monstre qui avait tué ma famille pendant des siècles et qui nous avait pourchassés jusqu'à ce qu'il ne reste presque plus personne.

Je déglutis, m'obligeant à prendre une intonation guillerette.

— Oui ?

— Que pensez-vous qu'elle représente ?

— Les Chinois, les Mayas et les Grecs ont des noms approchants pour la désigner. La Dévoreuse. La Mangeuse. La Mère à Dents.

Ma voix était aussi neutre que possible alors qu'à l'intérieur, mes instincts me criaient de changer de sujet aussi vite que possible.

— Mais ils savent tous clairement ce qu'elle est. La Mort.

— Est-ce que dans certaines histoires, la Dévoreuse est vaincue ?

C'était pour cette raison que j'avais commencé à m'intéresser à elle. Je voulais savoir si le monstre avait un jour été battu.

— La Dévoreuse est la mort, dis-je, me remémorant un vers d'un poème akkadien. Et la Mort ne peut pas être vaincue.

Sa question me touchait de trop près. Je ne voulais plus y penser.

— Votre téléphone, dis-je. Ces deux personnes sont vos parents ?

Il détourna le regard, ses longs doigts se contractant autour du verre d'eau.

— Oui.

Le silence qui s'ensuivit était une affirmation d'un genre terrible. Je tendis le bras pour lui couvrir la main. Il me regarda, les yeux dénués d'expression, ce que je ne reconnus que trop bien.

— Je n'ai jamais connu les miens. J'ai été élevée par ma grand-mère.

Il lâcha le verre et entrelaça nos doigts. Ses mains étaient grandes et étonnamment rêches.

— Parfois, c'est mieux, je pense, de ne pas les avoir connus, repris-je. Car connaître cet amour et le perdre…

Je m'étais habituée à voir la pitié chez les autres. Mais de sa part, cela n'était pas agaçant, peut-être parce qu'un deuil similaire l'avait touché.

Sa main se resserra sur la mienne et sa voix prit un ton plus sérieux.

— Je chéris tous les souvenirs que j'ai avec mes parents. Aussi peu nombreux soient-ils.

Nous nous regardâmes dans ce moment de compréhension. Il caressa doucement le dos de ma main avec son pouce.

J'eus du mal à trouver quelque chose de cohérent et de pertinent à dire. Je fis le choix d'évoquer mon enfance.

— Quand j'étais plus jeune, je culpabilisais parfois qu'ils me manquent, parce que j'adorais ma grand-mère et j'avais l'impression d'être une ingrate.

Je n'étais même pas sûre qu'il soit conscient de me toucher, mais son pouce m'hypnotisait.

— En particulier à chaque Fête des Mères et Fête des Pères, à l'école, quand on était obligés de réaliser des cadeaux faits à la main pour les rapporter chez nous.

Son pouce s'arrêta et il répondit :

— Un jour, j'ai rapporté à la maison une carte avec une cravate. On venait d'arriver dans ce pays et ma grand-mère pensait que c'était un nœud coulant.

Je lâchai un éclat de rire et le sourire qu'il m'adressa en réponse me fit fondre.

D'ailleurs, nous nous tenions encore la main.

— Je dois l'admettre, dit-il, vous n'êtes pas comme je le pensais.

Mon pouls accéléra.

— Oh, à quoi vous attendiez-vous ?

Il y avait une lueur confiante et entendue dans son regard. Hunter connaissait les effets que ses mots avaient sur moi.

— Je ne sais pas. Je vous apprécie bien plus que je ne le pensais.

Ses mots m'encouragèrent et me frappèrent en même temps.

— Je vous apprécie aussi, Hunter.

Je savais que je devrais lui parler des fiançailles, mais je n'allai pas jusqu'au bout.

Il se pencha en avant, son visage au-dessus du mien.

— Est-ce que je peux vous embrasser ? demanda-t-il comme s'il était aussi correct qu'un *lord* de l'Angleterre victorienne.

Je savais que je devais le lui dire. J'aurais juré que j'allais le faire.

— Oui.

Dès le moment où ses lèvres furent sur les miennes, cependant, j'en oubliai mes objections, les fiançailles et le monstre qui me pourchassait. Je ne pouvais que penser au baiser de Hunter. Je me laissai glisser de mon tabouret et m'avançai dans l'espace intime entre ses jambes écartées. Mes mains étaient sur sa taille et, sous le fin tissu blanc, je sentais les reliefs en V de son bassin. Ses doigts effleurèrent l'ourlet de mon haut, réchauffant ma peau dans leur sillage.

Je me sentais déjà pratiquement nue, rien qu'avec mon t-shirt et ma brassière de sport, et je savais que je devais arrêter, parce que j'étais imprudente, parce qu'il s'agissait d'un inconnu, à cause des fiançailles, pour toutes ces raisons et bien d'autres.

Mais sa caresse était ensorcelante, sa bouche plus encore, enjôleuse et attirante. Une chaleur se propageait en moi. Cédant à une impulsion téméraire, je m'attaquai aux boutons de sa chemise. Je pris plaisir à le voir sursauter en sentant le bout de mes doigts sur sa peau nue. Il se plaqua contre moi avec plus de vigueur.

Je tournai la tête, me détachant du baiser.

— En temps normal, je ne fais pas ce genre de choses, lui dis-je.

— Moi non plus.

Le murmure chaud de sa réponse me caressa l'oreille. Ses mains remontèrent le long de mon t-shirt pour venir dégrafer mon soutien-gorge.

Il s'écarta, dardant sur moi ses yeux dorés.

— Ce serait le bon moment pour me demander d'arrêter, Sophie.

Il y avait quelque chose de bestial dans son regard, pas tout à fait humain. J'ignorais qui il était, quel jeu il jouait, et en cet instant, ça m'était égal. Je n'avais encore jamais ressenti cela avec personne, une telle envie, une telle fougue que je risquais de prendre feu si je ne l'avais pas tout de suite.

Ce serait peut-être ma dernière chance de faire un choix comme celui-ci, un choix qui n'appartienne qu'à moi.

Je tendis les mains et remontai lentement sa chemise sur son torse.

— Si tu arrêtes, Hunter le chasseur, c'est moi qui te pourchasserai.

Il s'immobilisa avec une incrédulité presque comique, en réaction au jeu de mots pitoyable que je venais de faire avec la signification de son nom en anglais. Sa perplexité le rendit encore plus humain et, ironiquement, je ne l'en désirai que plus.

Je partis d'un rire nerveux.

Il sourit, les mains sur mes hanches.

— Tu vas me le payer.

Je poussai un cri de stupeur lorsqu'il me souleva pour m'asseoir sur le bar. À présent, c'était moi qui écartais les jambes tandis qu'il franchissait la distance qui nous séparait. La pierre du plan de travail était froide sous mes fesses, contraste agréable avec la fournaise qui brûlait en moi.

Sa bouche approcha de mon oreille et il pressa son corps viril et ferme contre moi.

— Je vais te savourer. Ici, me dit-il en posant un doigt sur mes lèvres.

Je lui donnai un coup de langue et fus récompensée par la pression de ses mains sur mes fesses quand il m'attira à lui.

— Et là, ajouta-t-il en prenant mon sein sous sa paume.

Sa main s'aventura plus bas, franchit l'élastique de ma ceinture et se glissa dans la jambe de mon short.

— Et surtout par-là, dit-il en caressant l'entrejambe humide de ma culotte.

Un besoin ardent et délicieux déferla à ses mots, à son contact, réduisant en cendres ma capacité de jugement. Je venais à peine de le rencontrer. C'était un inconnu, et pourtant cette idée même, ce danger irréfléchi ne faisaient qu'aiguiser mon envie de coucher avec lui.

— Et quand tu penseras que tu ne peux plus en supporter davantage, je vais te prendre si bien que tu te masturberas en y repensant pendant le reste de ta vie.

Il passa un doigt dans ma culotte, caressant le renflement sensible sous son pouce. Je haletai sous l'effet du désir dans mes veines.

— Est-ce que mes intentions sont claires ?

— Des promesses, rien que des promesses, dis-je alors qu'il glissait un doigt en moi.

Mon sexe se contracta autour de lui et il sourit.

— Juste la vérité, contra-t-il.

La vérité.

Il enfonça un autre doigt en moi et je frémis.

J'agrippai ses épaules. Je n'avais jamais compris l'expression « étourdie par le désir » jusqu'à ce moment-là. Je me sentais ivre, dévergondée, et s'il ne me prenait pas sous peu, j'en mourrais.

— Hunter.

Je levai la main. Je le repoussai, mais c'était comme pousser un mur.

— Attends.

Lorsqu'il comprit ce que je faisais, il se retira et se calma.

C'était étrange, mais l'absence de son contact me laissa une impression de froid.

Mes mots sortirent à toute vitesse malgré ma tentative de paraître détachée et sereine.

— Je dois être honnête. Cela n'a pas beaucoup d'importance, mais je veux que tu saches que je suis promise en mariage.

Il s'arrêta et me regarda comme si je venais de le frapper à la tête avec une batte.

— Promise en mariage, répéta-t-il.

Mes chances avec lui s'évaporaient à vue d'œil. J'ajoutai aussi vite que possible :

— À un homme que je n'ai jamais rencontré, par un accord que je n'ai jamais passé.

Il passa la main dans ses cheveux épais, faisant un pas en arrière.

— Quoi ?

J'étais en train de le perdre. Un désespoir étrange et terrifiant me saisit, complètement disproportionné étant donné le temps depuis lequel je le connaissais.

— Ma grand-mère l'a arrangé pour moi quand j'étais enfant. Je ne le savais même pas avant aujourd'hui.

Il sourcilla et me fixa du regard comme s'il ne me reconnaissait pas.

— Aujourd'hui, répéta-t-il.

— Juste avant que je ne donne ma conférence au musée.

Je laissai échapper un rire forcé.

— Elle a le pire timing.

— Tu ne le savais pas ? demanda-t-il d'un ton presque mordant.

Merde. Il était vraiment énervé. Je n'étais pas sûre que ce soit une bonne chose, tout compte fait.

Je descendis du plan de travail, le cœur battant et l'estomac noué. Il valait mieux avoir cette conversation maintenant, je le savais, mais quand même, quelle plaie ! Cette vérité me plombait les membres comme des poids.

— Je refuse de croire que je suis redevable pour une quelconque promesse qui a été faite pour moi, sans que je le sache. Je ne suis pas une esclave qui peut être troquée.

— Alors, tu as l'intention de briser la promesse de mariage ? demanda-t-il.

Je raccrochai mon soutien-gorge et croisai les bras sur ma poitrine. D'après Grand-mère, c'était le seul moyen pour me protéger du monstre.

— Je ne sais pas.

Il me regarda, ses yeux si intenses que je dus reculer d'un pas. J'essayais de réfléchir à ce que j'allais dire, mais il parla en premier.

— Tu devrais avoir ton mot à dire à propos de la personne que tu choisis d'épouser, dit-il enfin.

Il se retourna.

— Attends ici. Il y a quelque chose que je veux te montrer.

La climatisation s'alluma à nouveau, donnant l'impression que la pièce était plus froide sans sa présence. Ce qui avait été sur le point de se passer entre nous n'allait plus arriver à présent. La déception mêlée à la frustration sexuelle me donna envie de frapper quelque chose.

J'entendis une vibration. Un message apparut avec une image qui m'était si familière que c'en était troublant.

Généralement, je ne me mettais jamais à lire les messages des gens.

Mais ça...

J'entrai le code PIN qu'il m'avait donné et lus le message qui s'affichait.

Une terreur froide déferla dans mes veines face à l'information.

— Sophie ?

La voix interrogatrice de Hunter retentit derrière moi.

Il s'arrêta en voyant mon expression et en me découvrant avec son téléphone.

J'affichai mon visage de guerrière, impassible, celui auquel ma grand-mère m'avait entraînée, même si mon cœur battait à tout rompre.

Je levai l'écran pour qu'il puisse le voir.

— *Voici le reste de l'information sur votre promise. Nos excuses si cela vous a été envoyé en double : Sophie May*, dis-je, commençant à lire le premier message. *Fille de Yi-Fan et de Faiseur-de-Tempête. Grand-mère, Lady Keiko Asakusa. Candi-*

date au doctorat en Histoire de l'Art. Assistante en conservation au Metropolis Museum of Art de New York.

Je fis glisser mon doigt pour afficher le suivant.

— *Date de mariage requise...*

Sa grande main s'enroula soudain autour de mon poignet.

— Ce n'est pas ce que tu penses.

À ce moment-là, si j'avais eu des pouvoirs magiques, je l'aurais carbonisé. J'avais été sur le point de coucher avec lui et…

Et…

Je ne pouvais pas y penser, j'étais trop en colère. Si j'avais été une véritable Shen, tout exploserait autour de moi et les lumières vacilleraient. Au lieu de quoi, j'étais limitée à ce que je pouvais transmettre par ma voix.

— Lâche-moi !

Il me libéra.

Je reculai avant de déguerpir vers la porte.

— Pourquoi ces faux-semblants, mon cher *promis* ?

Je mis autant de dégoût que je le pouvais dans le mot.

— Notre rencontre au musée, c'est vrai, elle était intentionnelle. Mais tomber sur toi au parc, pas du tout.

Il secoua la tête.

— Je pensais que tu le savais. Je pensais que tu me jouais un tour shen.

Ce serait bien le genre de choses que

feraient les Shens. Mais je n'avais jamais été douée pour ce genre de choses.

— Un tour shen, répétai-je.

La façon dont il l'avait dit insinuait qu'il n'en était pas un. Ce qui n'avait aucun sens. Sur Terre, il y avait des humains et il y avait des Shens. Des Shens avec forme humaine ayant également accès à des pouvoirs magiques plus profonds, et d'autres formes physiques comme des cornes, des queues, des ailes, des écailles et bien d'autres choses. J'étais l'étrange anomalie, une Shen sans pouvoirs magiques.

— Je ne suis pas un Shen, dit-il.

Il leva la main. Une boule de feu apparut dans sa paume. Elle vacillait d'une façon qui n'était pas naturelle pour une flamme, sans fumée, brillante de couleur et hypnotique.

Aucun Shen ne pouvait manifester un tel pouvoir sous sa forme humaine.

Un dragon.

Ma grand-mère m'avait promise à un dragon.

Je fis un pas en arrière.

— Ça ne peut pas être réel.

Longtemps auparavant, à l'époque où Rome était tombée, mon père avait essayé d'empêcher l'arrivée des dragons dans ce monde, quand ils étaient venus en tant que réfugiés depuis une planète à l'agonie. Le même monstre qui avait détruit leur monde les avait suivis jusqu'à la Terre.

Et au lieu de les pourchasser, il avait reporté

son attention sur les Shens.

— Tu as amené la Dévoreuse sur Terre, dis-je lentement. Tu es la raison pour laquelle les Shens ont presque disparu.

— Je suis né à New York, répondit-il. Mes parents ont beau avoir été des immigrants, je suis né sur Terre. Nous sommes semblables, toi et moi.

Je me retournai.

— Non, dis-je avec véhémence. Je n'ai donné mon accord pour rien de tout cela.

Je me mis à faire les cent pas.

— Pourquoi est-ce que Grand-mère ferait une chose pareille ?

— Tu es une enfant de la Terre. Et ta lignée remonte à la formation même de cette planète, dit Hunter avec un calme olympien.

Le potentiel de ton sang est encore là.

— C'est pour cette raison que les fiançailles ont été arrangées, dis-je, l'amertume émergeant de ma voix. Tu es là parce que tu as besoin de ma lignée.

Son regard croisa le mien.

— Honnêtement, quand ils me l'ont dit, je n'étais pas vraiment ravi non plus. Mais j'ai changé d'avis.

Personne, pas même les Shens, ne savait beaucoup de choses à propos des dragons, car ils étaient littéralement étrangers à ce monde. Mais il y avait quand même des histoires de ce que les dragons avaient fait. Le sexe était souvent une manière de créer un lien magique et permanent, d'esclavage en quelque sorte. Je levai la voix avec incrédulité.

— Est-ce que tu allais me « sceller » par le sexe ?

Il ne nia pas. C'était tout ce dont j'avais besoin.

— Je pensais que tu le savais.

Une chaleur insupportable et furibonde commença à monter en moi. Il n'avait pas vraiment eu envie de moi, il était seulement intéressé par la magie dans mon sang.

J'avais presque perdu ma liberté. Il avait eu l'intention de me *réduire en esclavage*. Mon estomac se retourna à cette pensée. Je reculai, levant la main.

— Nous en avons fini.

Il avança.

— Tu ne peux pas t'attendre à partir sans m'en donner plus.

Je pris mon sac et me dirigeai vers la porte.

— Je pars. Je suis encore libre de faire ça.

— Tu n'as pas de moyen de rentrer chez toi.

— Je vais marcher s'il le faut.

J'essayai d'ouvrir la porte, mais elle était verrouillée. Il n'y avait pas de poignée, ce qui signifiait que le verrou était probablement digital ou contrôlé par téléphone. Je tournai les talons et le découvris plus près que je ne m'y étais attendue, mais heureusement, pas aussi proche qu'il aurait pu l'être.

— Est-ce que tu vas me garder ici contre mon gré ?

Il avait la mine sombre.

— La protection de ta grand-mère ne durera pas éternellement.

Pour une raison quelconque, cela ne fit que m'énerver encore plus.

J'essayai d'ouvrir la porte à nouveau. Toujours verrouillée.

Je me retournai vers lui et il saisit quelque chose sur son téléphone.

— Je te jure que je vais abattre cette porte si tu ne me laisses pas sortir.

La peur, plutôt que la colère, aurait probablement été une émotion plus raisonnable à ce moment-là, car après tout, c'était un véritable dragon avec tous les pouvoirs magiques qu'il possédait à son service, et moi, je n'en avais aucun. Pas de tours, pas de colifichets, rien. Mais j'étais tellement furieuse contre moi-même d'avoir cru à cette illusion, l'idée que la raison ressemble à une terre lointaine que j'avais un jour connue.

Le téléphone bipa, le verrou cliqueta et la porte s'ouvrit.

— J'ai appelé un service de taxi pour toi, me dit-il.

Je me dirigeai vers l'ascenseur et appuyai sur le bouton de fermeture des portes aussi fort que possible.

Les portes coulissèrent bien trop lentement.

— Prends la voiture numéro quatre-vingt-huit, ajouta-t-il.

L'ascenseur se referma derrière moi.

CHAPITRE 4

J'ÉTAIS DÉTERMINÉE À NE PAS PRENDRE SON TAXI
de luxe.

Mais à point nommé, alors que je sortais, la
pluie se déchaîna en un déluge torrentiel. Soit
j'acceptais son service, soit je ruisselais en
arpentant à pied les rues de New York.

Par conséquent, je choisis ce fichu taxi.

Quel salop.

Sa bouche sur moi me revint à l'esprit.

Je n'en revenais pas qu'il ait eu cette audace.

Comment avais-je pu croire qu'il pouvait y
avoir quelque chose entre nous ?

Il avait essayé de me « sceller » de façon
permanente.

Il était connu que les dragons pouvaient
« sceller » les autres à leur magie, créant une
sorte de connexion, de servitude magique.

Ou du moins, c'était ce que les Shens avaient
pensé depuis longtemps.

Je me frottai les yeux, essayant de me remémorer ce que je savais – si tant est que je sache quelque chose – à propos des liens de scellement des dragons. Un instant, qu'avait dit Grand-mère, déjà ? Quelque chose du genre : « Les Shens ne savent pas ce qu'ils ne savent pas. Et les dragons gardent leurs secrets. » J'enroulai une mèche de cheveux autour de mon doigt, mon esprit passant en revue les quelques histoires de dragon que je connaissais. Quelques années auparavant, un dragon avait estimé qu'il serait amusant de compiler leurs histoires épiques dans un livre pour enfants et je me demandais pourquoi Grand-mère me l'avait fait lire à cette époque.

Il y avait une histoire à propos d'un ballon rouge et d'un chat magique avec un père qui sauvait son fils grâce à un sceau, ce qui suggérait qu'il s'agissait d'une sorte de connexion.

Mais uniquement si cette histoire était véridique. Même si les contes de fées avaient tendance à avoir une part de vérité, c'étaient les détails qui étaient souvent inexacts.

Laisse-moi être clair à propos de mes intentions.

Je pensais que tu me jouais un tour shen.

Mes poings se serrèrent. Je n'allais pas pleurer.

Le taxi me déposa et je me précipitai dans mon immeuble, les clés prêtes, gravissant les cinq volées de marches jusqu'au dernier étage. Les lumières faibles éclairaient le couloir, vacillantes comme toujours. Ce n'était pas un mauvais quartier ni un mauvais immeuble, mais il était vétuste.

Je n'avais jamais été aussi heureuse de déverrouiller les trois serrures et d'ouvrir la porte sur l'appartement obscur.

Je fus accueillie par une odeur étrange, sorte de métal brûlé.

Pendant un moment, je me demandai si Chloé expérimentait à nouveau ses potions. C'était le problème d'avoir une sorcière pour colocataire. D'habitude, c'était plutôt génial, car cela voulait dire qu'aucun cafard ni aucun rat n'oserait franchir la limite qu'elle avait posée, mais parfois, notre appartement empestait un mélange de bacon et de vieilles chaussures.

Puis je me rappelai qu'elle était encore à Séoul.

Je laissai tomber mes sacs.

— Ohé ! lançai-je en appuyant sur l'interrupteur de la lumière.

Je tendis le bras vers le grand parapluie noir de ma grand-mère, dans le support à côté de la porte. Elle l'avait laissé là lors de sa dernière visite, en me parlant du temps orageux qui arrivait quand on s'y attendait le moins.

— Il y a quelqu'un ?

Tout semblait normal. Une couverture violette était jetée sur le canapé gris que nous avions trouvé dans la rue. Il nous avait fallu une journée entière pour le monter. Devant le canapé se trouvait une caisse en bois qui servait de table basse, les lettres KXA peintes au pochoir en rouge dessus. Il y avait une tasse vide avec un sachet de thé, ainsi que quelques magazines people.

Et pourtant, cette odeur persistait.

— Chloé, lançai-je, faisant mine d'appeler ma colocataire. Tu es là ?

Ce n'était probablement rien, mais je décidai de continuer mon simulacre tandis que je me déplaçais lentement dans l'appartement.

— Tout le monde attend en bas pour le double rendez-vous. Tu te souviens, John le flic et son frère sexy, Mark le soldat de la marine.

Pas de réponse.

La porte de sa chambre était ouverte ; la porte de la mienne, fermée.

Je ne fermais jamais la porte de ma chambre. Je n'aimais pas l'idée que quelqu'un ou quelque chose me bondisse dessus.

Je reculai. J'étais dans un espace clos. Pas de téléphone. Pas de pouvoir magique.

Toutefois, certaines créatures vous chassaient si vous vous enfuyiez, mais pouvaient avoir peur si vous les confrontiez rapidement.

Je pris une grande inspiration, m'agrippai au parapluie, marchai d'un pas lourd vers la porte de ma chambre et l'ouvris d'un coup de pied.

Sophie.

Je m'immobilisai.

— Grand-mère ?

Dans ma chambre, où mon lit occupait pratiquement toute la place, ma grand-mère était assise en tailleur, lévitant trente centimètres au-dessus du matelas. Elle avait les yeux fermés et une légère lueur émanait d'elle.

— Grand-mère ?

Elle ouvrit les yeux, et pendant un instant, la lueur fut si aveuglante que l'on eût dit que je fixais le soleil des yeux, trop lumineuse pour que ce soit elle.

Ce n'était pas ma grand-mère, mais un message qu'elle m'avait laissé.

— La Dévoreuse est là. Je vais la distraire aussi longtemps que possible, ma chérie, mais je ne peux pas la retenir pour toujours.

De chaudes larmes me montèrent spontanément aux yeux.

— Non ! Attends…

— Va chercher ton fiancé. Je t'ai envoyé les informations dont tu as besoin pour le trouver. Épouse-le et sa famille te protégera.

— Mais…

— Il n'y a pas de « mais », jeune fille. Sauve-toi. Si tu ne le fais pas pour toi, alors fais-le pour notre avenir.

L'image de ma grand-mère s'estompa.

Grand-mère.

Je tombai à genoux. Il y avait un large trou dans ma poitrine. Grand-mère m'avait préparée pour ce moment d'aussi longtemps que je puisse m'en souvenir.

Ne me cherche pas.

Mais c'était comme se préparer à la mort ou à ce qu'un camion vous rentre dedans : vous ne pouviez pas vraiment le savoir avant que cela n'arrive réellement. Et à présent, non seulement le camion m'avait percutée, mais c'était un semi-remorque qui passait à toute vitesse sur mon cœur brisé.

Ne crois pas que tu puisses vaincre un monstre qui a dévoré les plus grands des Shens.

Je regardai mes mains stupides et dépourvues de magie.

Fuis, petit renard. Tu ne peux que fuir.

C'était pire, bien pire que ce que j'avais imaginé.

La chaleur, la colère et la sensation d'inutilité me remplirent. Je détestais ce que j'étais, je détestais ne pas pouvoir être ce que ma grand-mère avait besoin que je sois. Ma mère, mon père, et à présent Grand-mère, tous avaient sacrifié leurs vies pour que je puisse vivre. Et pour quoi ?

Tout cela pour un vide magique.

Ne me laissant pas d'autre choix que d'aller implorer la protection magique d'un homme, un dragon, qui avait essayé de me réduire en esclavage à mon insu.

Je pensais que tu me jouais un tour shen.

Avait-il vraiment pensé que je le savais ? Je pouvais encore sentir les traces chaudes qu'il avait laissées sur ma peau.

Tu devrais avoir ton mot à dire à propos de la personne que tu choisis d'épouser.

Il s'était arrêté quand je lui avais dit que j'étais promise en mariage.

Je pensais que tu le savais.

— Grand-mère, articulai-je silencieusement, sans voix, ma gorge complètement bloquée par le chagrin.

Elle avait disparu. Et j'étais la prochaine.

Un frisson me traversa. Le monstre avait détruit les dragons, il les avait pourchassés jusqu'ici. Pourquoi s'attendait-elle à ce que Hunter puisse me protéger alors que la Dévoreuse avait ravagé des armées de dragons ? Pourquoi les dragons pourraient-ils me protéger alors qu'ils n'avaient pas été capables de se sauver eux-mêmes ?

À moins qu'ils soient tous destinés à mourir et qu'il s'agisse juste d'un effort pour repousser la fin inévitable.

À moins que Grand-mère ne sache quelque chose que j'ignorais.

Je ris, les larmes coulant de mes yeux. Dire que Grand-mère avait ses secrets revenait à dire qu'un renard avait de la fourrure.

Si j'allais voir Hunter à présent, serait-il honorable et remplirait-il sa part du marché conclu ?

Je serrai les poings. Tout d'abord, je devais le trouver. Les détails viendraient ensuite.

Je laissai un mot à Chloé, qui était largement capable de se débrouiller toute seule. Le monstre voulait du sang shen, et la magie humaine de Chloé pouvait facilement être cachée. Je préparai un sac avec des vêtements basiques, une brosse à dents et le parapluie de Grand-mère, ainsi que de l'argent liquide en quantité suffisante et des cartes en cas d'urgence pour que je puisse continuer à fuir. Je me dirigeai vers le petit magasin local, achetai deux téléphones – à bas prix et jetables. Là, je me rendis compte que je n'avais pas le numéro de Hunter. Je ne connaissais même pas son nom de famille. Avec mon téléphone, je me connectai au *cloud* pour trouver les détails que Grand-mère pouvait bien avoir à propos de Hunter.

Mais aussitôt, l'écran devint noir et des lettres blanches défilèrent.

IL EST INUTILE DE FUIR.

Je jetai le téléphone dans la rue, où il fut rapidement écrasé par un taxi jaune.

La pluie avait cessé, laissant une brume humide dans l'air. Il y avait des flaques profondes avec cette iridescence chatoyante d'huile de moteur et autres produits chimiques de la ville qui imprégnaient les rues. Je slalomai entre les flaques en direction du métro le plus proche. Au moins, je savais où vivait Hunter. J'étais déterminée à ne pas l'épouser, mais peut-être pourrais-je passer un autre genre d'accord. Les dragons étaient connus pour leur insistance à propos des marchés, des échanges justes et égaux.

— Eh, poulette, fit un type blanc appuyé contre le mur.

Il ressemblait à la version humaine d'un bulldog, avec un nez crochu, un collier à pointes et une tête rasée.

J'évitai le contact visuel et passai mon chemin en vitesse.

Soudain, il m'agrippa le bras et m'attira en arrière.

— C'est à toi que je parlais, poupée. Tu devrais faire attention quand un homme te parle.

Je me libérai facilement de sa poigne et me tournai vers lui. Je serrais mon parapluie, les coudes près du corps, mes épaules redressées et mes pieds stables, prête à effectuer un mouvement rapide comme j'y avais été entraînée.

— Tu ferais mieux de ne pas faire ça, lâcha-t-il en pouffant. Est-ce que cette petite poupée noire va me faire une prise de karaté ?

Il leva les bras d'un geste moqueur.

— Allez, papa va te donner une leçon que tu n'oublieras jamais.

Je regardai les rues vides autour de moi. Bon sang, où étaient les passants ou la police quand on avait besoin d'eux ? Enfin, quoi, c'était tout l'intérêt de vivre dans l'un des endroits les plus densément peuplés du monde.

Je demeurai ferme, la pointe de mon parapluie sur le sol comme une canne.

— Tu vas devoir venir à moi.

Dans un rire, il s'élança.

J'expirai, puis me baissai et me jetai sur son torse. Je lui assenai un coup de pied entre les jambes.

Il s'écroula.

Je pressai le bout de mon parapluie contre sa jugulaire.

Ses yeux s'écarquillèrent puis roulèrent dans leurs orbites, la peur, la confusion et une honte furieuse se lisant sur son visage. Si j'avais eu une arme à feu, il serait foutu.

Il était temps de m'assurer qu'il ne me poursuivrait pas.

— Ne t'approche pas de moi, bordel.

Je le frappai au visage avec le parapluie et lui donnai un coup de pied dans les testicules pour faire bonne mesure.

Il cria tandis que je contournais sa silhouette étendue face contre terre et que je m'élançai vers le métro.

~

D'HABITUDE, le Upper West Side était animé la nuit, mais le froid soudain et la pluie dissuadaient les gens de sortir dans la rue.

Je me dirigeai vers le pâté de maisons où l'immeuble de Hunter se situait. J'avais essayé de trouver ce que je dirais à mon supposé promis, à ce que je pourrais lui offrir pour négocier. Si ce qu'il avait dit était vrai, s'il avait également grandi sur Terre, il n'y avait aucune raison de penser qu'il accepterait de perdre sa liberté.

Même s'ils n'étaient pas natifs, les dragons comptaient parmi les êtres les plus puissants de la Terre en matière de magie. D'après les rumeurs, ils pouvaient créer des portails vers d'autres dimensions et se téléporter à volonté – deux capacités que les Shens avaient perdues depuis longtemps. De plus, ils avaient importé une technologie bien plus avancée que tout ce qui existait sur Terre.

Par conséquent, il n'y avait aucune raison qu'un être à la magie aussi puissante accepte d'être promis en mariage à moi, une Shen dénuée de magie.

À moins que Hunter l'ignore.

La boule dans ma poitrine se durcit.

Je ne dirais pas que ma grand-mère, la vieille renarde, n'en était pas capable. Le marché avait été conclu quand j'étais encore bébé, bien avant l'âge de manifestation.

S'il savait qui j'étais vraiment, m'aiderait-il quand même ? Est-ce que ma grand-mère s'attendait à ce que je l'épouse avec l'illusion que j'avais des pouvoirs ? Cela n'aurait-il pas rendu le dragon fou de rage ?

La question était sans intérêt, car je n'allais pas honorer cet engagement. Mais j'avais quand même besoin de la protection de Hunter.

Que pouvais-je lui offrir qui lui semblerait désirable ?

Quelque chose me tira en arrière. Je me débattis, essayant de ne pas tomber. Je levai les yeux pour découvrir le mec qui m'avait appelée « poupée » et avait essayé de m'arrêter, quelques instants plus tôt. Je fis un pas en arrière. Il était impossible qu'un humain ait pu me suivre. Il m'adressa un regard noir. Il avait un teint verdâtre presque imperceptible.

— Je n'en ai pas fini avec toi.

Il sourit de ses dents pointues, qui ne m'étaient pas apparues plus tôt.

— Nous t'avons cherchée pendant long-temps. La renarde est têtue, mais nous savions qu'elle nous mènerait à toi.

Une terreur froide recouvrit ma peau. Cette créature avait été humaine, autrefois, mais à présent, elle n'était qu'une marionnette de chair, contrôlée et pilotée par la Dévoreuse.

L'homme fit un autre pas vers moi en souriant, s'attendant probablement à ce que je me retourne et m'enfuie. Je déployai mon parapluie tout en criant et en le chargeant, le prenant par surprise. Il leva les bras, se protégeant le visage.

Je me baissai et le frappai dans les jambes.

Ses genoux cédèrent et il s'écrasa sur le ciment.

— Eh, l'entendis-je crier. Cette salope noire m'a volé mon portefeuille !

Le sang palpitait dans ma tête tandis que je scrutais les rues, appréhendant le son des sirènes ou l'apparition d'un policier fou de la gâchette. Alors, je détalai. Je courus de toutes mes forces, puisant dans des années et des années d'athlétisme et d'entraînement pour le jour inévitable où j'en aurais besoin.

Je sprintai à travers six voies de circulation, ignorant les crissements de pneus et les klaxons.

Je fis volte-face pour voir l'homme coincé de l'autre côté. C'était le pâté de maisons de Hunter. Il fallait juste que j'atteigne son immeuble. Les dragons avaient toujours une sorte de protection invisible sur leurs domaines, qui s'étendait sur le terrain où ils vivaient. Je n'avais qu'à en franchir le seuil.

Je courus, cette fois sans regarder en arrière, aussi vite que possible, le contenu de mon sac à dos rebondissant tandis que je traversais les doubles portes du hall doré.

On entendait de la musique classique, mêlée au doux bruit de l'eau de la fontaine. Le portier ne leva même pas les yeux de son téléphone. D'après le grésillement d'épées lasers et la musique dramatique, il était en train de regarder un film.

Je cherchai à reprendre ma respiration, m'appuyant contre le mur jusqu'à ce que le portier daigne enfin me parler.

— Vous avez un colis ? demanda-t-il sans toutefois me regarder.

— Quoi ?

Je me rappelai le sac à dos que je portais et me rendis compte qu'il avait dû me prendre pour un coursier.

— Non, je suis ici pour voir Hunter.

Le portier m'adressa un regard agacé, mettant son film en pause au milieu d'une explosion.

— Juste un instant.

On aurait dit qu'une éternité s'écoulait

pendant que le portier passait un coup de télé-phone. Je gardai les yeux rivés sur les portes en verre, redoutant que l'homme n'arrive.

— On dirait qu'il n'est pas là.

Il retourna à l'écran de son smartphone et j'entendis immédiatement le son des armes lasers.

Ses mots me firent l'effet d'un coup de poing dans l'estomac. Je ne m'étais pas rendu compte que j'espérais que Hunter soit là jusqu'à ce que j'apprenne le contraire.

— Savez-vous à quelle heure il reviendra ?

Le portier haussa les épaules.

— Peut-être aujourd'hui, peut-être demain.

Merde.

— Avez-vous son numéro ?

Il soupira, mettant à nouveau son film en pause.

— Laissez un message.

Il posa un stylo et un bloc de papier sur le comptoir devant moi et reprit son film.

Je pris le stylo et m'immobilisai. Qu'allais-je lui écrire ?

Salut, j'ai besoin d'aide, viens me secourir.

Non, hors de question. Ça ne me ressemblait pas.

Hunter. Quand tu auras du temps, parlons. Voilà mon numéro.

J'écrivis le mot, fis glisser le bloc-notes vers le portier et m'arrêtai. Je repris le bloc.

Juste au cas où mon téléphone serait cassé de nouveau, voilà mon adresse e-mail.

Le portier posa le mot sur le dessus de son bureau.

— Je vais m'assurer qu'il le reçoive.

Je regardai à nouveau en direction des rues sombres, froides et humides, et pensai à l'homme qui me guettait.

Je me retournai vers le portier.

— Pourriez-vous m'appeler un taxi ?

Il fronça les sourcils, clairement sur le point de me jeter dehors.

— Allez, dis-je, essayant une nouvelle approche. Est-ce que vous pensez qu'un taxi va s'arrêter pour moi si j'essaye d'en interpeller un à cette heure de la nuit ?

Son regard noir ne changea pas. Je ne le lui reprochais pas, car son film semblait être sur le point d'arriver à la partie intéressante.

— Je serais ravie de vous raconter ce qu'il va se passer ensuite. Ils arrivent sur la planète et se rendent compte que…

Il s'empara du téléphone.

— D'accord, ça va. Je vais vous appeler un taxi.

CHAPITRE 5

LE TAXI M'EMMENA JUSQU'À UN REVENDEUR DE
voitures d'occasion, ouvert vingt-quatre heures
sur vingt-quatre, dans le Queens, et j'en
ressortis avec une vieille Honda fonctionnelle,
mais usée, qui sentait l'oignon. Après avoir
conduit jusqu'aux forêts du nord de l'État de
New York pendant quatre heures éprouvantes
pour les nerfs, évitant de justesse quelques cerfs,
je m'arrêtai sur une allée de gravier. Mes pleins
phares illuminèrent les lions massifs en pierre
qui flanquaient l'allée ouverte. Je m'arrêtai sur la
ligne invisible où le terrain de ma grand-mère
commençait, baissai ma vitre et criai dans
l'obscurité :

— Mack et Jack, réveillez-vous. C'est moi.

Les yeux des lions de pierre prirent un éclat
rouge en réaction. Ils s'étirèrent, s'inclinèrent
puis reprirent leur position.

Les protections ainsi activées, je poursuivis

mon chemin sur le gravier et me garai près du porche arrière du chalet.

Les carillons à vent que j'avais fabriqués en colonie de vacances, quand j'avais douze ans, sonnèrent lorsque j'ouvris la porte. Le parfum du jasmin nocturne me frappa. Des larmes m'emplirent les yeux tandis que j'allumais. Des tiges de la plante tropicale préférée de Grand-mère s'étaient entortillées vers le haut, par-dessus les treillis. De tous les trésors qu'elle avait amassés au cours des siècles – parchemins, bijoux, soie –, la bouture de cette plante était l'une des seules choses qu'elle avait sauvées en s'enfuyant de mon lieu de naissance. La senteur des étés de mon enfance m'enveloppa, parfum d'orange mélangé au jasmin.

À l'intérieur du chalet, près de la porte, un canapé rose à motif floral était apparié à un tapis oriental d'un bleu délavé. Sur la table basse éraflée, un dessin à la craie grasse transformé en set de table que j'avais fait en CE1 était posé à côté d'un exemplaire usagé d'un roman d'Alice Roy.

Je laissai tomber mon sac à côté de la porte et soufflai.

Enfin. En sécurité.

Je me dirigeai ensuite vers la console en bois de rose sculpté où se trouvait un bol d'oranges en porcelaine bleue et blanche flanquée de deux encensoirs remplis de cendres. Au-dessus de la table, un arbre peint sur un parchemin atteignait le haut du plafond de neuf mètres, avec les noms de mes ancêtres griffonnés dessus.

Mais tout en bas du parchemin, à la hauteur de mes yeux, figuraient les noms de mes parents que je n'avais jamais connus.

Je mis la main dans le tiroir pour chercher des allumettes et j'allumai l'encens en signe de salutation et de souvenir, avant d'observer la fumée blanche et longiligne monter en spirales.

— Salut, maman. Salut, papa.

L'encens n'était que pour les morts. Je n'en allumai pas pour Grand-mère. Elle était encore en vie, quelque part.

C'était forcé.

Le canapé en tartan marron grinça lorsque je m'y enfonçai. Je jetai un œil à mon téléphone pour la millième fois. Les barres de réseau n'arrêtaient pas d'osciller entre une et zéro. J'avais oublié à quel point le service de téléphonie mobile était horrible par ici. À chaque alerte sonore, je continuais d'espérer que ce soit Hunter, mais ce n'était jamais lui : rappels de factures, notifications de paiement, recommandations de restaurants, rien que des choses stupides et sans importance. Et ce n'était pas comme si le chalet avait le Wi-Fi. Grand-mère avait l'intention de l'installer cet été.

Je pris un coussin et enroulai mes bras autour.

Je n'allais pas pleurer.

Mais alors même que je jurais de ne pas le

faire, je sentis les larmes couler le long de mes joues.

Tout était ma faute.

La Dévoreuse était encore là, dehors.

Mon estomac se noua et un froid à glacer le sang m'envahit.

Grand-mère était l'une des meilleures de notre genre. Elle avait survécu à des dynasties et enterré tous ses enfants et petits-enfants à part moi. À présent, tout comme mes parents, elle allait mourir à cause de moi.

Je pris le dessin plastifié. Nous préparions des cupcakes ensemble. Dans le ciel, mes parents étaient debout sur un nuage, souriants.

Je posai le dessin face cachée sur la table. J'avais honte de le regarder. Honte de faire face à ma grand-mère. Honte de ce que j'étais.

Grand-mère n'aurait pas fui. Elle ne chercherait pas un type quelconque pour la sauver. Non, elle aurait ri, fait un signe de la main et l'aurait transformé en grenouille ou quelque chose comme ça.

Je fixai des yeux un nœud dans le parquet, celui qui ressemblait à un chien laid, et usai de toute ma volonté pour ne pas pleurer. Le chalet était probablement le dernier refuge du pouvoir de ma grand-mère. Sa magie n'était pas limitée à ce qu'elle pouvait faire physiquement, mais incluait les algorithmes magiques autonomes qu'elle pouvait tisser dans des objets ordinaires. C'était une capacité rare, même parmi les Shens.

Comme dans une maison avec électricité, je pouvais allumer et éteindre la lumière... mais raccorder la maison au système électrique ? Générer l'électricité ? Cela me dépassait.

Cette maison pouvait bien être tout ce qu'il me restait d'elle.

Je pris une inspiration tremblante. Je n'allais pas quitter cet endroit. Depuis que j'étais petite, elle m'avait inculqué ce que je devais faire au cas où il lui arriverait malheur : venir dans ce chalet et attendre.

— Attends les secours, avait toujours dit Grand-mère.

Mais ensuite, une pensée me frappa : de qui attendais-je de l'aide ? Curieusement, elle avait omis cette partie. Et pourquoi n'avais-je jamais pensé à le demander ?

Quand mes pouvoirs magiques auraient dû se manifester et qu'il était devenu évident qu'il n'en serait rien, nombre des Shens qui restaient nous avaient fuies, de peur d'« attraper » mon handicap. Pas tous, mais suffisamment pour que cela me blesse.

J'avais envie de crier. Grand-mère et ses plans toujours si secrets. Je maudis mon égoïsme, pensant au message que j'avais laissé à Hunter. Je ne pouvais pas l'attirer dans tout cela. Je ne pouvais pas laisser une autre personne mourir en me protégeant.

Je me levai et fis le tour de la pièce, brandissant le téléphone comme un talisman, espérant obtenir ne serait-ce que quelques barres de plus. Toujours rien.

Je m'affalai de nouveau dans le canapé.

Je détestais cela, je détestais devoir attendre que quelqu'un vienne et me sauve.

Je retournai vers le saladier d'oranges et en pris une. Un petit cri s'échappa alors de mes lèvres. De la moisissure verte recouvrait le dessous.

La magie de ma grand-mère maintenait le jasmin en fleur et les oranges fraîches. Elle n'aurait pas laissé les oranges moisir, pas à moins que…

J'avais commencé à remettre l'orange dans le saladier quand un coup à la porte me fit sursauter. Je laissai tomber l'orange et, dans un effort pour la rattraper, renversai tout le récipient. Des éclats de porcelaine délicate volèrent tandis que les oranges, toutes partiellement couvertes de moisissure verte, roulaient sur le sol.

Une appréhension résonna comme un bruit sourd à travers mes veines. Personne ne devrait pouvoir atteindre la porte sans déclencher un signal d'alarme.

Mais les barrières de protection étaient restées silencieuses.

Je sortis mon parapluie du support et demandai :

— Il y a quelqu'un ?

Les coups cessèrent.

Je déglutis, m'approchai de la porte, allumai le porche et regardai par le judas.

Il n'y avait personne.

— Mack, Jack, lançai-je d'une voix plus chevrotante que je ne m'y attendais. Y a-t-il quelque chose dehors ?

De grands coups sourds se firent entendre à l'arrière de la maison.

Je me ruai vers la porte de derrière, tirai les rideaux et allumai les projecteurs du jardin, les veines emplies de terreur à l'idée de ce que je trouverais.

Rien. Il n'y avait *rien*.

— Mack ? Jack ?

Pas de réponse.

J'appelai leurs noms à nouveau.

Quelque chose explosa à l'avant de la maison. Je me précipitai à nouveau vers la porte, jetai un coup d'œil par le judas et vis les ruines lumineuses des deux lions de pierre.

Je resserrai ma poigne sur le parapluie, de chaudes larmes ruisselant sur mes joues. Mack et Jack n'étaient même pas vivants, ce n'étaient que des constructions programmées par la magie. Mais je les avais connus toute ma vie, je les avais décorés avec des colliers de fleurs en plastique et des guirlandes de pacotille quand j'avais six ans.

J'aurais dû avoir du chagrin. La peur aurait été une émotion plus rationnelle.

Mais ma famille avait disparu, ma grand-mère aussi, tout cela à cause de moi, et tout ce qu'il me restait d'eux était cet endroit et ma colère.

D'autres coups se firent entendre à l'arrière.

Je m'assurai que la porte principale soit verrouillée, retournai au fond du chalet et rallumai les lumières du porche, m'attendant à moitié à ne rien voir.

À la limite de la barrière de protection, une foule de silhouettes à demi humaines voilées avec des yeux brillants me fixaient.

Je fermai les rideaux et tournai le dos, me plaquant au mur, mon parapluie tremblant contre mon corps.

Eh bien, il ne s'agissait clairement pas de l'aide que j'escomptais.

Une seconde, pourquoi est-ce que mon parapluie remuait ? Je regardai mes mains et me rendis compte que ce n'était pas mon parapluie. C'était ma main qui tremblait.

Mon cœur battait anormalement vite. Les barrières de protection de Grand-mère résisteraient contre ces choses, quelles qu'elles soient. Elles devaient tenir jusqu'à ce que les secours arrivent.

À travers la pièce, l'encens s'enroula autour du nom de mon père. *Faiseur de Tempête.* La foudre lui avait obéi et les coups de tonnerre qu'il avait provoqués avec ses ailes avaient réduit des bâtiments en miettes.

Il n'aurait jamais battu ainsi en retraite. Ma mère et ma grand-mère non plus.

Je me baissai pour prendre la malle qui servait de table basse, la déverrouillai et l'ouvris brusquement pour y trouver une veste et des gants gris à l'intérieur. Je les enfilai, ainsi que des brassards d'avant-bras dans un métal similaire à l'acier. Il y avait des protège-tibias noirs et je les attachai à mes jambes.

Au fond de la malle se trouvait une épée dans un fourreau. Le pommeau avait partiellement fondu, mais la lame était encore fonctionnelle.

Elle avait appartenu à mon père. Je pouvais l'utiliser pour marchander avec Hunter.

Je pris le parapluie et me dirigeai vers la porte arrière. Lentement, je m'avançai et sentis quelque chose… brûler. L'odeur était atroce, industrielle et chimique.

Les créatures obscures testaient mes protections, se consumant contre la barrière invisible avec de toutes petites étincelles.

Les barrières étaient trop étendues. Pour intensifier leur force contre ces choses, je devais les rapprocher.

Ce qui amènerait les ennemis encore plus près.

Je déglutis, posant ma main sur le mur du chalet.

— Reculez.

La programmation magique de Grand-mère était bien meilleure que certaines maisons connectées actuelles, permettant même à quelqu'un dénué de pouvoirs magiques comme moi de manipuler les barrières. Celles-ci se rétrécirent, et en même temps, les murs se renforcèrent. À présent, les ombres se rassemblaient plus près. Elles avaient pris une forme humaine plus tangible, mais avec des crânes chauves et des yeux luisants. Je ne savais pas exactement ce qu'elles étaient, mais je n'avais pas besoin de le savoir : les barrières avaient été conçues pour contrer la magie de la Dévoreuse.

Une masse énorme atterrit dans l'obscurité derrière les ombres.

Elles se retournèrent, fourmillant dans le noir.

Du feu jaillit dans une clarté éblouissante.

Je fermai les paupières, m'efforçant de retrouver l'usage de la vue.

Une gigantesque serre reptilienne noire à cinq doigts émergea de l'obscurité, suivie par un grand museau fumant et des yeux dorés brillants. Le dragon noir avança complètement dans la lumière. Il était aussi grand qu'un autobus et remuait la queue. Il observa le chalet de son regard doré.

Était-ce l'aide qui était censée venir ?

Était-ce Hunter ?

Je déverrouillai et ouvris la porte. De la fumée et des cendres tourbillonnantes emplirent l'air.

Je fis un pas hors du chalet. De la vapeur suintait des écailles du dragon tandis que la pluie commençait à tomber.

C'était bel et bien un dragon.

Ma famille était composée de créatures fantastiques de la mythologie humaine. J'avais rencontré des sirènes, des oiseaux de feu, des licornes, et si j'avais été complète, j'aurais été exactement comme l'une d'elles.

Et pourtant, voir un dragon pour la première fois, c'était une tout autre expérience.

Le dragon se troubla, ses écailles glissant et se reformant.

Ils n'étaient pas de ce monde. Ils n'étaient pas comme nous, les Shens.

Hunter était là, sous forme humaine.

Entourée par l'obscurité, la façade mortelle et affable de l'homme avec qui j'avais plaisanté à propos d'Hoboken semblait s'être volatilisée. Ses cheveux sombres étaient lissés par la pluie. Ses épaules, ses bras, son torse étaient tellement bien définis, tellement ciselés qu'il incarnait la perfection masculine. De la vapeur s'éleva en crépitant quand la pluie heurta sa chair et les écailles de dragon. Quelques gouttes coulèrent le long de son corps entièrement nu. Je me disais que je gardais les yeux rivés sur son visage pour être convenable, mais en réalité, j'étais saisie par ses yeux dorés. Son regard était si intense qu'il devait y avoir de la magie derrière.

Enfin, les dragons ne pratiquaient pas ce genre de magie d'hypnose mentale, pas vrai ? En tant que Shen, je devrais être immunisée contre de tels tours, mais il faut dire que je n'étais pas en parfait état de fonctionnement.

Je déglutis, ma bouche aussi sèche que mes cheveux étaient mouillés.

Je savais à quoi je ressemblais à ses yeux,

avec mon armure dépareillée et mon parapluie :
je ressemblais à un rongeur détrempé.

— Tu n'es pas facile à trouver, dit-il.

— Comment as-tu fait ?

— La magie, répondit-il avec sérieux.

Je lui adressai un regard incrédule.

Les coins de sa bouche s'étirèrent en un
sourire et ce fut comme si le soleil s'était levé.

— Tu t'attends à ce que je dise autre chose ?

Un animal énorme à quatre pattes jaillit des
ombres et atterrit sur le dos de Hunter.

— Attention ! criai-je, même si je savais qu'il
était trop tard.

CHAPITRE 6

JE N'AVAIS JAMAIS VU UN DRAGON SE BATTRE.

Il bougeait avec la rapidité d'un Shen, se tournant et frappant la bête sur le côté de la tête pour la mettre à terre. Il ne s'agissait pas d'une créature naturelle de ce monde, avec son visage plat, rond et caoutchouteux, et plusieurs rangées de dents crantées. Ses yeux minuscules et la queue à écailles faisaient penser à un étrange croisement entre un requin, un loup et un lézard.

La chose s'efforça de se remettre debout, mais Hunter avait mis son pied sur son flanc, la maintenant en place. Il abattit un autre poing sur le cou de la créature. Le craquement résonna à travers le jardin.

L'air se remplit de cris surnaturels.

Deux autres requins-loups bondirent des ombres. Il souleva le cadavre entre ses griffes et celui-ci s'enflamma lorsque Hunter le lança.

L'un des requins-loups l'évita, mais Hunter atteignit l'autre et il prit feu.

Je ne pouvais pas rester là, à le laisser tout faire seul. Personne d'autre ne devrait mourir pour quelqu'un d'aussi inutile que moi. Je courus vers le bord de la barrière.

— Eh ! Je suis là !

Trois requins-loups fondirent alors sur moi.

Hunter cria, mais d'autres revinrent à la charge, lui bloquant le passage.

Les trois requins-loups cherchèrent à mordre, heurtant la barrière invisible de ma grand-mère.

— Tenez bon, dis-je.

Les barrières se solidifièrent, suspendant les requins-loups dans les airs. Ils luttèrent et restèrent pendus là, faisant claquer leurs rangées massives de dents. Des tentacules terminés par des bouches minuscules sortirent des gorges des requins-loups, semblables à des anguilles brillantes dépourvues d'yeux.

Je pris le parapluie de Grand-mère et me concentrai mentalement sur l'interrupteur qu'elle avait créé pour moi. Il scintilla et se transforma en une longue épée noire. Je la brandis et les découpai en un instant.

Mission accomplie. L'épée redevint un parapluie.

Je jetai un coup d'œil à Hunter, derrière moi. Il y avait des corps de requins-loups éparpillés à ses pieds. Il les enjamba et s'approcha de la barrière, s'arrêtant devant moi.

— Viens à l'intérieur, lui dis-je.

La barrière scintilla, créant une ouverture, et Hunter entra. Il était mouillé, nu, et il avait été éclaboussé par le sang des requins-loups, mais une chaleur irrationnelle monta brusquement en moi à sa proximité. Je refermai la barrière derrière lui.

Dans notre dos, j'entendis des cris. Je me retournai pour voir les corps des requins-loups saisis et emportés par leurs camarades.

— Je n'avais pas prévu que tu viennes.

La chaleur irradiait de lui comme un feu transformé en chair. Il n'avait jamais été aussi chaud auparavant. Apparemment, il n'avait plus besoin de me cacher les secrets des dragons.

Sa chaleur me rendait bien trop consciente de sa présence.

— Eh bien, je suis là, dit-il tandis que la porte se fermait avec un bruit sec derrière lui.

Mon visage rougit et devint brûlant. J'étais seule dans le chalet de Grand-mère avec lui, l'homme à qui j'étais promise, avec qui j'avais failli coucher.

Et qui était nu comme un ver.

L'étrange puanteur d'âpreté et de pétrole me frappa.

Nu et couvert d'entrailles de requins-loups, me rappelai-je.

Je pris soin de rester dos à lui.

— Tu veux peut-être te laver. Il y a une douche par ici, dis-je en me dirigeant vers le petit couloir.

— Ça me plairait, répondit-il, sa voix proche derrière moi.

J'ouvris le placard à linge, faisant de mon mieux pour ignorer sa proximité.

— Tu n'es pas obligé de rester. Tous ceux qui ont essayé de me protéger ont été pris par la Dévoreuse. Mes parents. Et maintenant, ma grand-mère.

Je trouvai enfin ce que je cherchais sur l'étagère, une serviette, et fermai la porte un peu trop fort.

— Tu n'as pas besoin de t'ajouter à la liste. Et puis, j'ai d'autres secours qui arrivent.

Je me retournai et le heurtai presque. Il agrippa mes poignets pour m'empêcher de tomber, la chaleur de sa main envoyant un frisson chaud sur ma peau.

— Je *suis* les secours. L'accord n'est toujours pas rompu. Tu es encore ma promise.

Oh. Hunter était donc l'aide que j'étais censée attendre.

Il avait la main sur la poignée de la porte de la salle de bains. Est-ce que ce couloir avait toujours été aussi petit ? Je secouai la tête.

— Tu n'as pas besoin de jouer la carte du héros vaillant avec moi.

— J'essaye de t'aider.

Je lui tendis la serviette enroulée et commençai à m'éloigner.

— Prends une douche, je vais te préparer du thé, puis nous discuterons.

Une étrange idée me vint à l'esprit.

— Hunter, dis-je en me retournant, le regardant dans les yeux pour la première fois depuis qu'il était entré dans le chalet de Grand-mère.

Son regard intense était presque insoutenable.

— Oui, Sophie ?

Je ne pouvais pas nier qu'il y avait une certaine alchimie entre nous. Mais même moi, je savais qu'il y avait des choses qu'il ne me disait pas.

— Comment as-tu su que ma grand-mère avait été enlevée ?

Ses lèvres esquissèrent un sourire crispé.

— Cette décharge de pouvoir ? Je pense que tous les dragons et les Shens en vie sur la côte est ont su qu'elle avait été enlevée, dit-il avant d'ouvrir la porte de la salle de bains.

Je me dirigeai vers la cuisine, serrant les poings.

Tous les Shens en vie l'avaient su à part moi. Et personne ne m'avait contactée ni n'avait jugé bon de m'aider, car ils considéraient que la personne dénuée de pouvoirs magiques que j'étais serait la prochaine victime de la Dévoreuse.

Je laissai l'eau couler pendant quelques minutes avant de remplir la bouilloire électrique et de l'allumer. Je me demandais quel genre de thé il aimait. Quelque chose de fort et d'épicé, supposai-je. Je choisis un *chai* et les arômes de clou de girofle et de cannelle montèrent autour de moi. Je me concentrai sur la préparation de la théière avec le filtre, puis je versai l'eau chaude et disposai les tasses sur le plateau. Ces gestes simples me rappelèrent ma grand-mère, et même à ce moment-là, c'était comme si je pouvais l'entendre à côté de moi me dire quelque chose comme : « *Il est toujours l'heure de prendre le thé.* »

J'étendis les mains sur le plan de travail stratifié et moucheté, imaginant que je pouvais sentir sa magie incrustée dans la surface.

Comme toujours, je ne sentis rien.

Hunter entra dans la cuisine, la serviette rose enroulée autour de sa taille. Elle était ornée d'un chat de dessin animé souriant, en robe rose et petit nœud sur une oreille. Ses cheveux étaient mouillés et sa peau encore humide. J'avais essayé de le rendre moins sexy, mais en le voyant dans cette serviette qui mettait en valeur son torse et le V de son bas-ventre, je sus que je ne verrais plus jamais Nihao Cat de la même façon.

— Nihao Cat ? fit-il en haussant un sourcil.

— Quoi ? Ce n'est pas assez viril pour toi ? Je m'assurerai d'avoir quelque chose de noir avec des crânes la prochaine fois.

— La prochaine fois.

D'après le ton de sa voix, je ne savais pas s'il était du même avis ou s'il spéculait.

Je versai un peu de thé dans une tasse et la poussai vers lui.

— Il y a du lait et du sucre sur le plateau.

— Je vais le prendre noir, merci.

Évidemment. Il s'adossa contre le mur, dans la serviette Nihao Cat, ses bras croisés mettant en valeur ses biceps qui n'étaient définitivement pas ordinaires, la tasse de thé presque risiblement minuscule entre ses mains.

— Tu sais que tu ne peux pas rester ici.

Je passai devant lui en direction du canapé, où je m'assis et ouvris la malle.

— C'est la maison de ma grand-mère. Je suis plus en sécurité que nulle part ailleurs.

— Et quand le monstre la tuera enfin, ses protections ne seront pas seulement affaiblies mais réduites à néant, te laissant vulnérable.

Des larmes me montèrent aux yeux. Il pensait que Grand-mère était encore en vie.

Je déglutis difficilement. Bien sûr, elle devait l'être.

Hunter avait certainement vu l'émotion à vif sur mon visage. Il toucha du doigt quelque chose en l'air. Il y eut un bref scintillement de magie.

— Ça ne serait pas là si elle ne l'était pas.

Grand-mère s'était assurée que des secours viendraient pour moi.

Mais qu'en était-il d'elle ? Qui allait l'aider ?

Je ramassai le parapluie sur le sol et, pendant un moment, je sentis le poids des brassards autour de mes avant-bras. J'avais sur moi plus d'objets enchantés qu'un livre de contes de fées. Mais je pensai ensuite aux rangées et rangées de dents jaunes. Ce n'était même pas le monstre en tant que tel, mais les sbires qui lui appartenaient.

Je reposai le parapluie sur le sol. Je n'avais pas le pouvoir de la secourir, je n'avais pas le pouvoir d'aider qui que ce soit.

Je m'admis enfin ce que j'avais espéré qu'il se passerait. J'avais pensé que ce seraient d'autres Shens qui viendraient à mon secours en signe de réconciliation. Je serrai les poings. J'aurais dû m'en douter. Les Shens ne se protégeaient qu'eux-mêmes. Pour eux, je n'étais pas des leurs.

Et à présent, Hunter, le dragon qui m'était promis, était venu me sauver d'une situation désespérée. L'idée que Hunter soit consumé par la Dévoreuse me fit mal à la poitrine.

— Cet endroit est tout ce qu'il me reste d'elle. Je reste ici.

Hunter posa la tasse de thé et s'approcha de moi à grands pas.

— J'ai supposé qu'étant la fille de Yifan et du Faiseur de Tempêtes, c'est quelque chose que tu n'abandonnerais pas.

Je serrai les poings.

— S'il y a quelque chose que je peux faire à ce sujet, je le ferai.

Il s'assit à côté de moi, le canapé craquant sous son poids.

— Tu pensais que je te jouais un tour shen, mais je ne fais pas ce genre de choses. Contrairement à ma grand-mère, je n'ai pas la capacité de gérer les conséquences si je perds.

Hunter fronça les sourcils.

— Je suis la fille de ma mère et de mon père, et je suis une Shen.

Je pris une grande inspiration.

— Mais je n'ai pas la capacité d'utiliser le pouvoir de ma lignée.

C'était le genre de chose que les Shens passeraient sous silence au moment de conclure un accord, s'ils le pouvaient. Apparemment, Grand-mère n'avait pas révélé mon absence de magie quand elle avait arrangé mes fiançailles, après tout. Donner à un dragon cette information sans s'attendre à un échange était irréfléchi, je le savais, mais j'en avais assez des secrets.

Je lui dis en le regardant dans les yeux :

— Je suis une Shen, mais j'ai autant de pouvoirs magiques qu'une humaine.

Il me scruta de nouveau avec attention.

— Une humaine ordinaire, dis-je en songeant à Chloé, ma sorcière de colocataire.

— Le potentiel est dans son sang, dit-il, répétant les mots que ma grand-mère m'avait dits.

Il plissa les yeux.

— Tu as commandé les barrières de ta grand-mère. Tu as utilisé une épée magique pour tuer les sbires de la Dévoreuse. Tu portes ce que je suppose être une armure magique. Et pourtant, tu prétends que tu ne peux pas utiliser la magie.

— Je peux conduire une voiture aussi, mais ça ne veut pas dire que je sais comment elle fonctionne ou comment en construire une.

Il secoua la tête.

Je le regardai dans les yeux.

— Je n'essaie pas de te dissuader ni de te mentir…

Il me prit le poignet. De la chaleur émanait de sa main, enveloppant mon bras de flammes. Je tirai sur mon bras, mais je n'étais pas à la hauteur de sa force.

Au lieu de brûler ma chair, le feu était chaud, mais étrangement plaisant.

Une chaleur interne commença à s'éveiller en moi, répondant à sa flamme.

— Qu'est-ce que tu fais ? demandai-je d'une voix étrangement basse.

Le feu dansa le long de mon bras. On aurait dit que Hunter caressait ma peau, alors que pourtant, ma manche ne brûlait pas. Ses yeux étaient sombres, ses lèvres pleines légèrement entrouvertes.

— Donne-moi ton autre main.

Cette étrange sensation en moi me réchauffait en réaction. Je serais stupide de ne pas être méfiante.

Je cessai de lutter, mais je ne tendis pas la main.

— S'il te plaît, fit-il d'une voix plus douce. Je te promets de ne pas te faire de mal. Je ne ferai rien sans ton consentement.

« *Les dragons demandent rarement la permission* », avait dit Grand-mère un jour.

Et quand ils le faisaient, c'était important de les écouter. Car cela signifiait que l'on avait quelque chose qu'ils désiraient. Et les dragons obtenaient presque toujours ce qu'ils voulaient. C'était à ce moment-là qu'il fallait être méfiant.

Et à ce moment précis, si lui et moi avions été humains, je n'aurais aucun doute quant à ce qu'il voulait.

Mais il n'était pas humain et ce serait une erreur de penser à lui de cette manière.

Je levai doucement la main et la plaçai dans la sienne. Ses doigts se refermèrent autour des miens et les flammes remontèrent le long de mon autre bras, complétant la connexion. Je haletai en comprenant exactement pour la première fois ce qu'être un dragon signifiait.

Le pouvoir.

CHAPITRE 7

JE ME LEVAI D'UN BOND ET M'ÉLOIGNAI DE LUI.
Même ainsi, l'intensité de sa magie allait au-delà
de tout ce que j'avais pu imaginer. Elle s'enrou-
lait autour de moi, appelant la petite flamme qui
m'habitait. Mes genoux commencèrent à faiblir
et Hunter se leva, m'attrapant dans ses bras
forts avant de m'attirer à nouveau sur le canapé.
Son feu brûlait autour de nous, chaud et
protecteur.

Je continuais à bredouiller, à parler parce
que je ne savais pas quoi faire d'autre.

— Oui, c'est dans mon sang, car je suis
quand même une Shen. Mais le simple fait que
tu aies des yeux ne garantit pas que tu puisses
voir. C'est pareil. Je ne peux pas utiliser la
magie.

Je m'arrêtai en prenant conscience d'une
chose complètement folle, mais je m'y attardai,

car je ne voulais pas faire face à l'ampleur de ce que je venais de lui admettre.

— Attends, tu es en feu, mais le canapé ne l'est pas.

Il y avait une lueur d'humour dans ses yeux.

— Il ne brûle pas parce que je ne veux pas qu'il brûle.

Ses grandes mains se refermèrent sur les miennes.

— Il y *a* de la magie en toi, dit Hunter. Et elle respectera le marché qui a été conclu, que tu saches ou non accéder à ton pouvoir.

Ses mots me rappelèrent ce qu'il voulait vraiment. Pas moi. Ma magie. Je dis avec autant de résolution que possible :

— Je ne vais pas t'épouser, Hunter.

Ses doigts se resserrèrent autour des miens.

— Pas même si cela te permettait de battre le monstre et de secourir ta grand-mère ? Je peux sentir ta magie. Elle est bloquée derrière une barrière. Je peux la briser.

Je savais où il voulait en venir.

— Je ne vais pas te laisser me sceller à toi.

Il me regarda.

— Que sais-tu du processus de scellement ?

Je m'écartai de lui et me levai du canapé.

— C'est un lien magique qui permet de contrôler la personne qui est scellée. Je me fiche de tes intentions, je ne serai pas le laquais ni la poupée sexuelle magique de qui que ce soit.

Il s'arrêta, s'appuyant contre le dossier du

canapé, les coins de sa bouche s'étirant en un sourire.

— Laquais ? Poupée sexuelle magique ? Vraiment ? Quel genre d'histoires avez-vous racontées à notre sujet, vous les Shens ? Pensez-vous que nous sommes comme la Dévoreuse ?

Il secoua la tête.

— Le scellement crée bien un lien entre deux personnes. Et oui, parfois, l'un des partenaires a plus de contrôle que l'autre. Mais c'est, comme le disent les humains, une voie à double sens. Et ce n'est pas forcément permanent.

Je m'arrêtai et m'assis sur une chaise en face de lui. C'était un bien meilleur endroit, loin de lui, loin de son contact. Je fermai les yeux et me pinçai l'arête du nez. Grand-mère avait dit qu'elle avait envoyé des champions qui avaient échoué contre la Dévoreuse, espérant « que nous n'en arriverions pas là », à savoir à un mariage avec un dragon. Quand j'étais enfant, combien de fois avais-je entendu l'histoire de sa fuite avec moi, sa certitude qu'elle et moi allions mourir, et l'appel à l'aide désespéré auquel avait répondu l'allié le plus improbable ?

Pourquoi ne lui avais-je jamais ne serait-ce que demandé quel était le marché qu'elle avait conclu avec les dragons en échange de leur aide pour venir aux États-Unis ?

J'étais stupide, tellement stupide.

J'aurais dû mieux faire.

J'ouvris les yeux. Hunter était appuyé contre

le dossier du canapé, les bras ouverts, à m'exa-
miner d'un air pensif. Les Shens et les dragons
avaient été en désaccord depuis leur arrivée sur
Terre. À certains égards, les Shens en savaient
autant à propos des dragons que les humains
sur la véritable nature des Shens.

Y compris à propos de la nature exacte des
scellements des dragons.

Je pris une grande inspiration.

— Tu ne peux pas t'attendre à ce que je
donne mon accord pour quoi que ce soit sans
m'en dire davantage à propos des scellements.

Son sourire ne faiblit pas un instant.

— Je serais capable d'accéder à ta magie et
toi, à la mienne.

Je passai une main sur mon visage tout en
me levant pour commencer à faire les cent pas.
Peut-être était-ce la manière qu'avait trouvée
ma grand-mère d'essayer de me donner une
chance d'être plus shen que je ne l'étais, de me
donner une chance d'avoir accès à la magie sous
une forme différente.

— Mais maintenant que tu as été honnête
envers moi, je vais être honnête envers toi aussi.
Je veux te sceller à moi, car j'ai besoin de ton
pouvoir pour détruire la Dévoreuse.

— Mon « pouvoir » ?

Je laissai échapper un rire sec.

— Il y a tant d'erreurs dans tes suppositions.

Je lui fis face.

— Tout d'abord, tu connais votre propre

histoire, pas vrai ? La Dévoreuse a détruit votre monde, votre civilisation, vos armées. Comment est-ce que tu vas tuer cette chose alors qu'elle a transformé les dragons en réfugiés ?

Il y avait de la morosité et une fureur prudemment réprimée dans l'expression de son visage, qui me rappela celle d'un prédateur, furieux devant la fuite de sa proie.

— La Dévoreuse ici sur Terre est incomplète. Elle n'est qu'une partie de ce qu'elle était, et elle a été affaiblie en venant ici, séparée de ses maîtres dans un endroit, à une époque, où elle n'a pas sa place. La Terre est chez nous à présent. C'est chez moi et j'ai l'intention de débarrasser mon territoire de la menace qu'elle représente avant qu'elle ne soit capable de contacter le reste d'elle-même.

Voilà. Le célèbre instinct territorial des dragons était là.

Un instant. Incomplète ? Le reste d'elle-même ?

— Est-ce que tu es en train de dire qu'il y a plus d'une Dévoreuse ?

Il cligna des yeux.

— Oui et non. Elle se copie et altère ses copies pour des objectifs spécifiques. Il est possible de tuer des parties de la Dévoreuse. C'est exactement ce que nous avons fait au cours des dernières années.

Les mots qu'il avait prononcés impliquaient

quelque chose que je n'avais jamais cru pouvoir être vrai.

— Attends. Es-tu en train de dire que vous avez affronté la Dévoreuse et que vous avez gagné ?

— Des morceaux d'elle. Des petits morceaux.

Alors, c'était possible. J'étouffai ce moment de gaieté.

— Je ne comprends pas pourquoi tu penses avoir besoin de moi.

— Car nous sommes sur le point d'affronter la Mère aux Dents, la plus grande et la plus ancienne portion de la Dévoreuse, celle qui a suivi mon peuple à travers les portes il y a tant d'années.

Le même morceau qui avait suivi les dragons et tué mes parents ainsi qu'un nombre incalculable d'autres Shens.

— Tu ne réponds toujours pas à ma question, dis-je, saisissant un coussin décoratif matelassé orange sur le canapé et le serrant.

— Car la Dévoreuse apprend de ses combats et opposants passés. Mais pendant tout ce temps, elle n'a jamais fait face à des pouvoirs magiques de dragon et de Shen réunis par l'objectif commun de la vaincre. Seulement séparément.

Je secouai la tête.

— C'est quand même une mission suicide.

— Peut-être, admit-il en détournant le regard.

Il l'avait toujours su, réalisai-je. Cela faisait déjà longtemps qu'il s'était engagé dans ce plan d'action, bien avant que je ne croise son chemin.

Quand j'étais petite, j'avais rencontré une tante éloignée qui avait un jour eu la réputation de voler de jeunes et beaux soldats et de les maintenir sous son charme jusqu'à ce que tout ce qu'ils aient connu se soit transformé en poussière. Quand je lui avais demandé pourquoi elle avait fait une chose pareille, elle avait répondu :

— Pour les empêcher de gâcher leurs vies avec des morts insignifiantes.

À ce moment-là, je compris ma Grand-Tante Titania.

Les ressorts grincèrent quand Hunter se leva du canapé. Sa main se referma sur la mienne une fois de plus avec une chaleur torride. J'ouvris les yeux en poussant un petit cri.

Des flammes magiques nous encerclaient. Il y eut une étrange chaleur en moi, mélangée au désir. Non, pas complètement du désir, mais quelque chose d'autre. Quelque chose qui m'avait fait défaut tout au long de ma vie.

Ses doigts se resserrèrent.

— Tu es magique, et même si tu ne sais pas comment l'utiliser, moi si.

Je sourcillai.

— Aide-moi. Je te protégerai. Je te traiterai comme une partenaire à mon égal.

Le potentiel est dans ton sang.

Je me libérai. Les flammes autour de nous moururent, réduites à néant. Le feu, la chaleur en moi que j'avais ressentie quand j'étais connectée à lui, fut remplacé par un sentiment bien trop familier de colère et de haine envers moi-même.

— Tu dis que le scellement n'est pas de l'esclavage. Alors, dis-moi ce que c'est. Et pourquoi je devrais te croire.

Je vis mon dessin d'enfant plastifié.

— C'est un lien d'accès magique.

J'entendis sa voix, si proche derrière moi. Il n'ajouta rien d'autre.

Je lui donnais trop de terrain. Je me retournai, les deux pieds sur le sol, et le trouvai excessivement proche, si proche que je pouvais sentir l'odeur persistante de savon sur sa peau. J'entrai immédiatement en guerre contre moi-même, désirant à la fois m'approcher et reculer.

— C'est tout. Il n'y a rien de plus que ça ?

Il me dévisagea calmement, le dragon dans ses yeux m'observant.

— C'est toujours différent, en fonction des personnes impliquées. Aucun scellement ne ressemble jamais à un autre, tout comme deux personnes ne sont jamais pareilles. Aide-moi, et nous pourrions avoir une chance d'aider ta grand-mère.

À quel point étais-je égoïste ? Quel genre de Shen étais-je ? Il m'offrait une chance de vaincre le monstre qui avait tué ma famille.

Il était encore trop près, assez pour un

baiser. Je me couvris la bouche, puis la découvris, espérant qu'il ne le remarquerait pas.

— Tu penses vraiment que ma grand-mère est encore en vie ?

Rien ne lui échappait, et surtout pas ma nervosité ridicule.

— Si ses protections sont encore là, alors oui.

— Elle a conçu cet endroit pour qu'il résiste aux attaques magiques, même après sa mort.

Il me toisa du regard, puis recula lentement, délibérément, et se détendit à nouveau sur le canapé. Mais le dragon était encore dans ses yeux et m'observait comme s'il s'attendait à ce que je déguerpisse.

— Le Dévoreuse a passé des années à construire des créatures conçues pour détruire cet endroit. Même maintenant, elle attend et observe.

C'était ainsi que la Dévoreuse obtenait toujours ce qu'elle voulait. Si on lui refusait son objectif, elle dressait des plans et attendait son heure, étudiant, concevant, élaborant des créatures conçues pour vaincre ce qui l'avait arrêté.

Je devais cesser de fuir.

— Est-ce que tu penses vraiment que tu peux tuer la Dévoreuse ?

Il s'adossa dans le canapé, à demi étendu. Je n'avais jamais trouvé le canapé aussi petit, mais il donnait sans aucun doute cette impression.

— Je l'ai fait auparavant. Mais pas contre un morceau aussi centralisé. La Dévoreuse n'a jamais fait face à une alliance entre magie de dragon et magie shen. Avec ton aide, nous avons une chance.

Il y avait là un homme, un dragon, qui avait accompli ce que je croyais impossible.

Je ne pouvais dire qu'une chose. Mais avant d'accepter quoi que ce soit, je devais négocier.

— Et qu'en est-il de l'obligation du mariage pour te permettre de tirer profit de ma magie ? Est-ce que tu pourrais le faire juste par le sexe, sans mariage ?

Tout en disant cela, je pouvais sentir mon visage virer au rouge.

L'expression de Hunter était particulièrement intense, mais mis à part cela, indéchiffrable.

— Es-tu en train de t'offrir à moi ? En dehors des liens du mariage ?

— Les liens du mariage, répétai-je avec une légèreté forcée. De quel siècle es-tu ? Est-ce qu'on n'a pas failli coucher ensemble… hier ?

On aurait dit que cela faisait une éternité.

Il plissa les yeux.

— C'était différent et tu le sais. Ce que tu offres est autre chose.

Je croisai les bras.

— J'attache de l'importance à ma liberté.

Il se leva et traversa la pièce, entrant dans mon espace personnel.

— Le mariage n'est pas un esclavage, tout comme le scellement.

Il était trop près, il sentait trop bon. Je m'écartai de lui, maintenant mes bras croisés.

— Tout ce à quoi tu es forcé sans libre consentement est un esclavage. Tu ne désires rien de plus du mariage qu'une relation sexuelle conduisant au pouvoir ? Tu ne veux pas d'amitié ? Tu ne veux pas apprendre à connaître l'autre personne ? Tu ne veux pas avoir le choix ?

Et voilà son visage vide et sans émotion, le genre auquel je pourrais m'attendre s'il faisait face à un terrible monstre.

— Et si tu avais le choix maintenant, Sophie ?

Pour rendre le mensonge crédible, il faut s'y appesantir. Il faut s'obliger à y croire soi-même et, par-dessus tout, avec les hommes, il faut les distraire physiquement, ou du moins, c'était ce que Grand-mère disait toujours. Je décroisai les bras, les tendis vers lui et commençai à suivre lentement une veine le long de son avant-bras, autour de la courbe de son épais biceps.

— Je veux sauver ma grand-mère. Mais je ne veux pas t'épouser, Hunter. Si le sexe est tout ce dont tu as besoin, eh bien, je peux l'offrir.

Sa main était posée sur le bas de mon dos. Il m'attira à lui et je sentis qu'il était dur contre mon ventre.

— J'accepte.

Sa bouche écrasa la mienne.

Un feu grondant rugit en moi. Je voulais le

rejoindre, éperdue de désir, du besoin qu'il me touche. L'envie flambait, mais il y avait autre chose qu'un simple désir. Quelque chose qui avait sommeillé en moi tout au long de ma vie se réveillait. Je m'accrochai à lui et à ses bras musclés, essayant de ne pas me noyer, de garder ma tête dans le brasier qui bourdonnait autour de moi.

La voix de Hunter était grave et forte contre mon cou.

— Je tiens mes promesses, Sophie. J'ai été très clair à propos de mes intentions envers toi.

Un souvenir me revint à l'esprit, quand il jurait de me goûter tout entière. Hunter ricana en voyant la chair de poule qui recouvrait ma peau. Sa main glissa vers le haut de mon t-shirt. Ma voix tremblait lorsque je demandai :

— Ce scellement ne sera pas permanent, si ?

— Pas si tu ne le veux pas, répondit-il en dégrafant mon soutien-gorge.

J'avais envie de ronronner à son contact et au son de sa voix. Est-ce que tous les dragons avaient une voix pleine de promesses et de séduction, ou était-il le seul ? Il m'embrassa et je fondis contre lui, comme si je le connaissais depuis plus longtemps que cette journée. Où était-ce depuis la veille ? La seule chose dont j'étais sûre, c'était que j'avais terriblement envie de lui.

— Mais il va falloir répéter ça.

Un désir primaire m'enivra. Une main glissa sur mon buste, saisissant mon sein, son pouce sur mon téton. Une étincelle descendit jusqu'à mon entrejambe, me détrempant de désir.

Je me dégageai de son baiser et mes doigts partirent à l'ascension des reliefs scandaleusement musclés de son torse.

— Tu n'as pas besoin de m'enchanter pour me pousser à coucher avec toi.

Ma voix était un chuchotement et elle était méconnaissable.

— Je n'utilise pas la magie pour obtenir le consentement.

Ses doigts soulevèrent mon menton. Le feu brillait dans ses yeux, franc et primaire.

— Jamais.

Je détournai le regard, incapable de supporter le poids du sien.

Je triturai la serviette rose autour de sa taille. Sa main se referma autour de mon poignet, maintenant ma paume sur lui.

— Attends, dit-il. Pas encore.

Je devais tirer profit de cette trêve momentanée avant de perdre complètement la tête. J'essayai de le taquiner, de retrouver un certain contrôle.

— Oh, c'est vrai, dis-je en arborant un sourire. Je ne t'ai pas demandé ton consentement.

Il retira la serviette et la laissa tomber sur le sol, révélant un consentement très grand et évident. Involontairement, j'eus un frisson à l'idée d'avoir cela, *lui*, en moi.

— Oh, dis-je.

En l'espace d'une respiration, il m'attira contre lui, me plaquant contre son torse ferme. Je m'ouvris à lui et sa bouche fut sur la mienne, ses mains retirant mon pantalon de yoga. Puis il s'aventura sur mon sexe, faisant glisser un doigt épais le long de ma vulve. Je frémis en le sentant effleurer mon clitoris et résistai contre l'envie irrépressible de me frotter contre sa paume.

— Tu n'iras nulle part cette fois, gronda-t-il. Pas aussi humide. Ah, Sophie, je suis tellement dur et tu es tellement prête que je pourrais te prendre immédiatement.

Ses mots causèrent en moi une vague de désir impérieux.

— Alors fais-le, dis-je. Prends-moi maintenant, Hunter.

Ses doigts taquinèrent mon clitoris et je perçus son sourire dans sa voix quand il dit :

— Non.

Je me tendis vers son sexe et refermai mes deux mains autour de lui. Chacun des muscles de Hunter se raidit. J'avais la sensation qu'il faisait un effort considérable pour se retenir.

— Quoi ?

Ses doigts jouèrent avec l'entrejambe de ma culotte.

— Oh, j'ai bien l'intention de mettre mon sexe en toi.

Il fit pénétrer deux doigts.

— Mais pas encore.

Je haletai à cette intrusion intime. Son pouce était dur contre mon clitoris.

Soudain, sa main toujours en moi, il me souleva du sol dans un élan de force surhumaine. J'essayai de me stabiliser, mes bras autour de son cou, mais chaque mouvement ne faisait que déclencher un plaisir suave dans tout mon organisme jusqu'à ce que mon corps convulse.

Oh, mon Dieu, est-ce que je venais d'avoir un orgasme à cause de quelques frottements de ses doigts ? Qui étaient encore en moi, d'ailleurs ... et je me pressais toujours contre lui dans le contrecoup du plaisir.

— Arrête d'utiliser ta magie, soufflai-je. Ce n'est pas juste.

— Je n'utilise pas ma magie, répondit-il d'une voix satisfaite et fière tout en agrippant mon sein de sa main libre.

Il pinça fortement mon téton.

— Il faut croire que je te fais beaucoup d'effet.

Le plaisir ricocha de mon sein jusqu'à mon entrejambe et je laissai échapper un gémissement bestial. Ses doigts se recourbèrent, son pouce me frotta et – ça alors –, je jouis à nouveau.

— Tu comptes rester là, à me doigter toute la nuit ? Ça t'excite ?

— Te sentir avoir un orgasme sur moi ?

Un sourire joyeux et viril s'afficha sur son visage. Son regard me faisait perdre la tête.

— Oui, figure-toi que c'est le cas.

Il empoigna son propre sexe et je tendis la main pour le toucher, mais il la repoussa.

— Non, Sophie, pas encore.

— Est-ce que le grand méchant dragon aurait peur à ce point d'une petite branlette ?

— Moque-toi de moi. Taquine-moi. Mais tu ne vas pas me refuser ça.

Sa main toujours en moi, il me souleva et me posa sur sa bouche. La démonstration de force imprévue, mélangée à la folle sensation de sa langue sur mon clitoris et son début de barbe rugueuse à l'intérieur de mes cuisses, transforma mes membres en gélatine.

— Hunter !

Ma voix sortit sous forme de supplication pantelante.

Il continua, ses doigts agrippant fermement mes fesses, me maintenant immobile contre sa bouche. Je tirai ses épais cheveux foncés et il se contenta de ricaner tout bas, me pressant davantage contre sa bouche.

Je répétai son nom, encore et encore, le gémissant tandis que sa bouche chaude faisait fondre tout mon sens commun.

Hunter ne se calma qu'après m'avoir fait jouir à nouveau, mais seulement un peu. Il me posa sur ses genoux.

Je me mis à califourchon sur son grand corps, son sexe glissant contre les lèvres du mien, effleurant mon clitoris.

Dire qu'il était épais aurait été un euphémisme.

Je savourai son sexe nu, appuyé contre l'endroit le plus intime de mon corps, une sensation que je n'avais jamais ressentie auparavant. Avec mes partenaires humains, je devais toujours avoir des rapports protégés par des préservatifs, pour éviter les questions plus qu'autre chose. Mais les Shens n'attrapaient pas les MST humaines et nous ne les transmettions pas non plus. Quant à la grossesse, elle ne survenait que si un Shen la désirait.

Son sexe sans artifices devant moi était l'une des visions les plus sexy que j'aie connues.

Et d'après son regard, Hunter le savait.

— Tu n'as été qu'avec des humains, pas vrai ?

— C'était toujours plus sûr comme ça.

— Plus sûr, oui. Les humains ont leur charme. Mais tu es une Shen. Et je suis un dragon.

Une sensation de panique intense s'installa en moi. Quelque chose de désespéré me lacéra de l'intérieur. Il allait être déçu, mieux valait tirer cela au clair dès à présent.

— Je ne sais pas à quoi tu t'attends. Souviens-toi, Hunter, pour ainsi dire, j'ai autant de magie qu'un humain ordinaire.

— C'est ce que tu as dit. Ces mots, exactement. Nous verrons.

— Tu vas être frustré…

Je haletai face à la chaleur soudaine qui caressa ma peau avec une ferveur reflétant le désir renouvelé en moi.

— Je n'utilise pas la magie pour obtenir le

consentement, dit-il. Je l'utilise comme c'est prévu.

Des étincelles s'envolèrent, se propageant sur ma peau. Sa magie me taquinait, touchant un endroit en moi dont je ne connaissais même pas l'existence. Je me tortillai contre lui et la pression insupportable monta en flèche.

— S'il te plaît, Hunter, criai-je, désirant quelque chose que je n'avais pas cru possible.

Il fit glisser une main sous mes fesses, maintenant ma vulve contre l'extrémité arrondie de sa verge, et se leva. J'essayai de l'accueillir en moi, mais il me gardait immobile, me maîtrisant sans effort, un sourire aux lèvres.

— Qu'est-ce que tu fais ?

— Je m'assure de ne pas brûler ton chalet.

Il me porta jusqu'au couloir, où il ouvrit la porte de la salle de bain d'un coup de pied.

Puis il se tourna, me déposa dans la douche et ouvrit l'eau.

Je poussai un cri strident de fureur tandis que l'eau froide martelait ma peau.

L'instant d'après, sa bouche était sur la mienne, son corps sur le mien, son feu en moi. Le contraste de froid et d'humidité sur ma peau décuplait mon désir. J'avais besoin de lui, de sa magie et de son sexe, plus que tout ce dont j'avais eu besoin un jour au cours de ma vie.

— Sophie.

Sa voix était sèche et gutturale, avec un accent de pouvoir.

— Regarde-moi.

J'enroulai mes jambes autour de sa taille et le regardai dans les yeux.

D'un coup de reins dur et brutal, Hunter enfonça son sexe, sa chaleur, son feu en moi.

La puissance jaillit de son corps et me traversa à toute vitesse. Je fus consumée par le plaisir. Je m'accrochai à lui tandis qu'il m'étirait, me pénétrant plus vite et plus fort que ce n'était humainement possible.

Et moi, je l'accueillis.

Je me contractai autour de lui, sans relâche. Alors qu'il allait et venait, mon intimité palpitait comme pour le retenir. Il se retirait sans cesse pour mieux revenir à l'assaut.

Plaquée contre le mur, dans un nuage de vapeur, je sentis son pouvoir, sa magie en moi. Elle m'étreignait, éveillant ma magie vierge par un millier d'infimes étincelles de désir.

Il était farouche, sexy, et je me sentais merveilleusement pleine. Il commença à accélérer le rythme.

Soudain, une pression m'envahit, m'entoura, se contractant dans un espace où j'avais été coincée toute ma vie. Tout ce que je voulais, c'était être libre. Le pouvoir déferla, imparable, immense, délicieux.

Je me délectai dans sa frénésie croissante, dans ses gémissements graves, grondants, inhumains. Mes jambes étaient grandes ouvertes, enroulées autour de lui, mes talons au bas de son dos. J'oscillais contre son corps.

— S'il te plaît, Hunter, s'il te plaît.

J'oubliai toute ma fierté pour le supplier, car s'il ne commençait pas à bouger plus vite, je savais que j'allais m'embraser.

Son feu s'étendit, se propageant sur ma chair, entraînant le grésillement de l'eau bouillante. Nous étions entourés de vapeur. Il était en moi, autour de moi, à la fois d'un point de vue physique et magique, comme personne auparavant.

À ma grande surprise, je me sentais scandaleusement bien.

— Tu es à moi, dit-il, sa bouche contre mon oreille.

Je reconnus les mots – des mots de scellement. Je ne savais pas ce que j'étais censée dire, alors je tentai une réplique sortie d'un conte de dragon que j'avais lu un jour.

— Mon feu est à toi, dis-je, mes paroles franchissant mes lèvres avec le poids de la magie.

Il m'adressa un sourire radieux et victorieux. Un sourire dont je savais que je me souviendrais toute ma vie, quoi qu'il advienne par la suite.

Son grand corps me plaqua contre le mur, ses hanches me maintenant en place.

Et il me pénétra dans un mouvement incroyablement, étonnamment lent, se retirant avant de me prendre à nouveau. C'était puissant et le feu repartit de plus belle en moi, mon clitoris vibrant sous les coups de boutoir de ses hanches contre les miennes.

L'explosion violente détona en moi. Je criai

tandis qu'une frénésie me prenait, le traversant lui aussi, à toute vitesse, dans un flot magique de flammes. Notre béatitude brûlait, belle, imparable et indéniablement nôtre.

Nous étions le pouvoir. Nous étions le feu. Nous étions la magie.

Et nous ne faisions qu'un.

CHAPITRE 8

— Nom de Dieu, Hunter, dis-je en prenant la serviette aux couleurs de l'arc-en-ciel qu'il me tendait.

— Il n'y a pas de Dieu, répondit-il, citant l'un de mes ancêtres célèbres, démontrant ainsi ses connaissances à propos de ma famille. Rien que des Shens.

Son regard acéré de dragon m'indiqua qu'il n'en avait pas encore fini avec moi.

Quelque chose aux tréfonds de mon être frémit avec une impatience sensuelle.

Tandis que j'enroulais la serviette autour de moi, un craquement se fit entendre dans le chalet. Peut-être l'avais-je senti plus que je ne l'avais entendu, car la véritable magie ne faisait pas de bruit.

Les barrières de Grand-mère devinrent soudain visibles.

Oh, non.

Les barrières s'étaient dissoutes dans le néant.

Soudain, j'entendis sa voix dans ma tête.

Petit renard, je suis fière de toi.

Elle avait disparu.

Non. Non. Non.

Mes joues étaient mouillées. Je les essuyai du revers de la main, pris une grande inspiration et me rendis compte que j'étais en train de pleurer.

Pourquoi pleurais-je ainsi ? Je n'étais même pas sûre qu'il s'agisse vraiment d'elle ou d'un quelconque écho, fruit de mon imagination.

Hunter arborait une expression des plus singulières.

— Ta magie.

Il commença à rire, une note étrange dans la voix.

— Tu es une Justice.

— Une *quoi* ?

J'écoutai et parlai en même temps, obsédée par le fait que ma grand-mère puisse bien être morte.

Autre chose se brisa, avec un bruit de rocher qui explose. Je regardai autour de moi, incapable de comprendre ce dont il s'agissait.

— Je ne savais même pas qu'il y avait des Justices sur Terre.

Je me sentais lessivée. J'essuyai mes joues à nouveau et pris une inspiration.

— Qu'est-ce que c'est qu'une Justice, bordel ?

Le grondement continua. Hunter se

retourna, cherchant la source du bruit menaçant tout en parlant :

— Dans les récits du monde d'où nous
venons, il y a des histoires à propos des Justices.
Toujours rares, toujours craintes.

Hunter s'arrêta et mon regard suivit le sien
vers le mur nord du chalet. Devant nos yeux, le
plâtre blanc se fissurait du sol au plafond.

— Ça ne répond pas à ma question, dis-je,
incapable de détourner le regard du mur.

— Partout où elles iront, les gens tomberont
malades, le lait tournera et les bâtisses les plus
solides tomberont en ruine, murmura-t-il,
reprenant visiblement une citation dont je ne
savais rien. Les dragons ont traqué les Justices
jusqu'à leur extinction, il y a longtemps.

La lézarde du mur s'arrêta. Cela n'aurait pas
dû arriver. Je m'écartai de lui à la hâte et
ramassai mes vêtements sur le sol.

— De quoi est-ce que tu parles ?

— Les Justices effacent la magie. À l'origine,
elles étaient connues pour rétablir l'équilibre,
pour être celles qui réinitialisaient les choses à
leur état pré-magique. Elles appelaient ça *rétablir la justice*.

J'enfilai mon soutien-gorge, puis mon t-
shirt.

— Pourquoi les dragons ont-ils commencé à
les chasser ?

— Avec le temps, les dragons se sont mis à
dépendre de plus en plus de la magie, construi-
sant tout grâce à elle. Les villes, les vaisseaux

spatiaux, les hôpitaux. Une Justice était devenue une arme que les royaumes des dragons utilisaient impitoyablement les uns contre les autres. D'après les récits, les Justices ont mis fin à l'Âge d'Or. Et donc, en conséquence, elles ont été chassées, représentant une arme jugée trop dangereuse pour exister.

Je fis un pas en arrière. L'horreur enfonçait ses dents froides dans ma peau.

Il se rendit compte que je m'éloignais de lui.

— Je ne les ai pas chassées, Sophie. Tout cela est arrivé bien avant ma naissance.

Je secouai la tête.

— Non. Ce n'est pas possible. J'ai beau ne pas être capable d'utiliser mes propres pouvoirs magiques, j'ai toujours pu user des sorts et des objets enchantés de ma grand-mère.

— Tu as dit toi-même que tu n'avais pas besoin de pouvoirs magiques pour les utiliser.

Je regardai mes mains.

— Si j'efface la magie, alors pourquoi n'es-tu pas mort ?

Il plissa les yeux.

— Le feu des dragons n'est pas magique dans le sens où tu l'entends.

— Attends, est-ce que tu n'es pas en train d'essayer de m'utiliser comme une batterie magique ?

— Le pouvoir des Shens est différent. Le scellement le convertit sous une forme que je peux utiliser.

Je n'avais pas le pouvoir dont il pensait avoir besoin.

Je lui étais complètement inutile.

Je me retournai pour qu'il ne puisse pas voir mon visage. Je fouillai dans le sac que j'avais apporté de mon appartement et trouvai un jean, parfait pour éviter de remettre le couvert, au cas où je laisserais mes hormones l'emporter sur moi à nouveau. Je l'enfilai, ravalant l'étrange amertume dans ma bouche. Je devais me concentrer sur le problème qui me préoccupait.

Comment ma grand-mère avait-elle pu ne pas voir ce que j'étais ?

Elle aurait dû s'en apercevoir.

Je tendis la main derrière mon épaule, là où se trouvait son symbole. Je ne pouvais plus sentir le picotement.

— Le symbole de ta grand-mère. Il a verrouillé ton pouvoir et l'a empêché de perturber ses sorts.

Il ramassa quelque chose par terre et me le tendit.

Je fixai des yeux le parapluie noir dans ma main et compris que quelque chose de fondamental avait changé.

Je tentai un coup en avant.

Il resta un simple parapluie.

Oh, non.

Je bondis du canapé et ouvris la malle d'un geste brusque. L'épée était encore là.

Sa voix s'éleva juste derrière moi.

— Je ne savais pas qu'elle était encore dans les parages.

Je désignai l'épée.

— Prends-la et dis-moi si tu sens de la magie dedans.

Il me regarda comme si je lui avais demandé de ramasser un scorpion.

— Elle ne va pas te mordre.

— D'après ce que j'ai entendu, ça ne me surprendrait pas.

Il me prit l'épée et en examina la garde un moment avant de la poser.

— Ça me semble être une épée ordinaire et sans magie.

Mes épaules s'affaissèrent. Ce n'était pas une question de contact, c'était quelque chose qui était arrivé pendant le scellement. Apparemment, je venais d'effacer le pouvoir de l'une des dernières grandes armes magiques des Shens. Fantastique. Je repris l'épée, qui me donna la même sensation qu'elle m'avait toujours donnée : celle d'une épée ordinaire.

— Je peux identifier tes pouvoirs magiques, mais je ne sais pas comment fonctionne la magie des Justices ni celle des Shens, dit-il. Il se pourrait qu'il y ait encore de la magie dedans.

Je posai l'épée et m'éloignai de lui pour ouvrir une autre ottomane. Grand-mère avait une affection particulière pour les meubles de rangement multifonctions. J'en sortis un harnais de cuir avec plusieurs couteaux rangés dans leurs gaines, et le passai par-dessus mon t-shirt.

— Si je suis une « Justice » comme tu le dis, alors je suppose que je ne peux pas être ta batterie magique.

Je vis le moment où il comprit ce que j'essayais de dire. Je pris la parole plus vite, pour en finir, et m'occupai les mains en attachant le harnais en cuir sur ma poitrine.

— Si je ne peux pas être ta batterie magique, il est inutile que nous soyons fiancés. Et il est inutile que tu sois là.

Sa main était chaude sur mon épaule.

— Sophie, tu es en danger. Je ne vais pas te laisser l'affronter toute seule.

Je savais que je devais m'éloigner de lui, mais je ne parvins pas à m'y résoudre. Cependant, je ne pouvais pas le regarder et le laisser voir l'agitation contre laquelle je luttais en moi-même. Je m'efforçai de prendre une intonation condescendante :

— Ne sois pas ridicule. Si tu as l'intention d'affronter la Dévoreuse, tu as sans aucun doute des objets magiques à ta disposition. Tu ne peux pas prendre le risque de m'emmener.

Le sol se déroba et se fissura sous mes pieds et je trébuchai. Instantanément, les bras de Hunter furent autour de moi, me stabilisant, mon dos contre son torse.

Un chœur de hurlements surnaturels semblables à ceux des loups entoura la maison.

— Les monstres de la Dévoreuse. Ils sont là, annonça Hunter.

— Ils ne vont pas franchir les barrières.

Ses bras se resserrèrent autour de moi. Sa voix était étrangement douce.

— Sophie. Tu as rompu les barrières de ta grand-mère.

Quelque chose vola par la fenêtre.

À la vitesse d'un Shen, Hunter le ramassa et le relança à l'extérieur.

De la lumière et du feu jaillirent. Les fenêtres explosèrent.

Je levai les mains pour me protéger, mais les boucliers internes de Grand-mère s'étaient déjà activés autour de nous. Jetant un coup d'œil au sol, je vis mon reflet sur les nombreux débris de verre. Grand-mère aurait piqué une crise en voyant ce désordre.

Je passai mon bras sous celui de Hunter.

— Est-ce que tu peux réparer les barrières ?

— Non. La magie shen est différente.

Merde. Pour la millionième fois de ma vie, je maudis mon manque de pouvoirs magiques.

Il y eut un autre craquement retentissant, puis quelque chose tomba.

Hunter m'attira contre lui tandis qu'une masse s'écrasait derrière moi. Jetant un œil par-dessus mon épaule, je découvris la lourde poutre de plafond en bois, là où je me trouvais quelques instants plus tôt.

Ses bras me tenaient fermement.

— Nous devons sortir d'ici.

— Non.

Je me débattis pour me libérer, mais il n'avait pas l'intention de me relâcher.

— Lâche-moi !

Des larmes m'emplirent les yeux. Cet endroit était tout ce qu'il restait de Grand-mère, tout ce qu'il restait de ma famille. Si je partais, ce serait comme les abandonner, l'abandonner *elle*.

Il y eut un grand bruit sourd sur le toit.

Hunter me jeta au sol. En un clin d'œil, il se changea en gigantesque dragon noir et se dressa au-dessus de moi, étendant ses ailes, me protégeant des éclats de bois et des flammes vertes qui pleuvaient soudain. Un vent froid passa entre nous.

Je fixai du regard le ciel ouvert.

Le toit avait été arraché.

Un mur de feu magique rugit autour de nous, d'un vert incandescent.

Le dragon noir qu'était Hunter émit un bruit de ferraille, ouvrant sa mâchoire gigantesque pour révéler des crocs plus longs que mon bras. Un instinct primaire me figea de peur et je fus convaincue que j'étais sur le point d'être dévorée.

Du feu jaillit de la gueule du dragon, atteignant quelque chose dans le ciel. Un hurlement retentit.

Puis une griffe gigantesque s'enroula autour de moi et le dragon bondit.

Je laissai échapper un cri tandis qu'il m'arra-

chait du sol. Alors même que mon estomac me
rattrapait, je me retrouvai à plat ventre sur le
gazon touffu, hors de la maison en feu de ma
grand-mère. Une fumée âcre me brûlait les
poumons. Des larmes troublèrent ma vue, mais
je pouvais encore la voir : une flèche acérée de
la taille d'un râteau transperçant la membrane
des ailes de Hunter, les épinglant l'une à l'autre.

— Hunter !

Une colère et une chaleur incompréhen-
sibles me traversèrent. Hunter était blessé par
ma faute. Ma grand-mère avait été enlevée et
elle était soit morte soit mourante par ma faute.
Mes parents avaient été tués par ma faute.

Tout était ma faute.

Il aurait mieux valu pour tout le monde que
je n'existe pas.

Des griffes s'enfoncèrent dans mon armure,
me projetant à nouveau à terre. Les mâchoires
gigantesques d'un requin-loup essayèrent de me
mordre au visage. Je criai et parvins sans trop
savoir comment à sortir un couteau de mon
harnais. Je fis alors pénétrer ma colère, ma frustration et le couteau dans la gorge du requin-loup.

De la poussière emplit ma bouche et mon
nez, et j'en fus étouffée. Qu'est-ce que...

J'entendis l'approche sifflante d'une multi-
tude de requins-loups et me remis sur pieds en
titubant.

Une meute m'observait déjà, avec des yeux
jaunes luisants. Derrière moi, Hunter rugit et

j'entendis quelque chose crier en même temps qu'un déchirement de chair. Je savais que si je me retournais pour regarder, je mourrais.

Je dégainai un autre couteau. Ce serait une belle mort, sur les terres de ma grand-mère.

— Approchez !

La meute de requins-loups attaqua.

J'avais beau avoir la certitude que je m'apprêtais à mourir, on aurait dit que la colère et le chagrin m'avaient donné le pouvoir de vivre. Jamais auparavant n'avais-je aussi bien anticipé les mouvements de mes assaillants, même s'ils n'étaient pas humains. Jamais auparavant chacun de mes coups de poing, de pied et de couteau n'avait-il atterri exactement là où il le fallait. Mon grand-oncle, le dieu du kung-fu qui avait refusé de me l'enseigner, aurait peut-être même daigné m'adresser un signe d'approbation.

Je me battis jusqu'à ce qu'il ne reste qu'un cercle de cendres grises autour de moi.

Je restai en alerte, prête pour l'assaut suivant, les yeux rivés sur l'obscurité.

Et soudain, je me rendis compte que tout était calme.

— Hunter ?

Jetant un regard circulaire, j'aperçus une forme humaine à genoux. Je me précipitai vers elle.

— Hunter ! Est-ce que ça va ?

Sa main était à l'intérieur du torse d'un

homme. Tandis que je m'approchais, l'avant-bras de Hunter se raidit. L'homme hurla.

Mes ancêtres étaient des monstres et des dieux de l'humanité antique. Certains avaient tué, sacrifié et même dévoré des humains. Une telle vision n'aurait pas dû me déranger.

Mais j'avais passé trop de temps parmi les humains.

— Hunter ! criai-je, l'horreur évidente dans ma voix.

Il ne me regarda pas. Au lieu de quoi, le torse de l'homme commença à fumer et l'odeur de chair brûlée emplit l'air. La voix de Hunter était sinistre.

— Nous venons te chercher, Dévoreuse.

Les cris de l'homme se transformèrent en rire et sa voix devint une sorte de gargouillis d'un autre monde.

— Alors, viens, dragon. Je t'attends.

Tout le corps de l'homme prit feu.

Hunter leva les yeux vers moi, sa main encore léchée par les flammes tandis qu'il brûlait le sang.

— La Dévoreuse avait déjà pris le contrôle.

Je fermai les yeux.

— Je sais.

Je n'avais aucune raison de le critiquer, car les Shens avaient manipulé les humains dans leur propre intérêt depuis l'aube des temps. Mais la Dévoreuse consommait leur personnalité, réduisant leurs esprits et leurs corps en esclavage, les transformant en pantins de chair.

— Et tes ailes ?

— Je vais bien, répondit-il avec la brusquerie d'un homme qui ne voulait pas parler de sa douleur.

Chez les Shens, une blessure reçue sous une certaine forme affectait aussi les autres. Mais en était-il de même chez les dragons ? Ils avaient beau prendre forme humaine, comme les Shens, les dragons n'en restaient pas moins des extra-terrestres.

Il y eut un fracas derrière moi et je me retournai pour voir un mur du chalet s'effondrer, des flammes vertes dévorant la charpente tandis que les murs essayaient vainement de se reconstruire. C'était une preuve du génie de ma grand-mère, dont les algorithmes magiques cherchaient à se protéger alors même que la destruction était à l'œuvre. Je tombai à genoux, le chagrin m'enserrant la gorge.

Je ne pouvais même pas me protéger, pas plus que la maison de ma grand-mère.

Entre les arbres, l'éclat de pleins phares scintilla et j'entendis un véhicule avancer rapidement sur le chemin de terre.

La main de Hunter était dans mon dos.

— Sophie, notre voiture est là.

J'étais paralysée, incapable de détourner le regard des flammes vertes qui engloutissaient le chalet.

— Tout ce qu'il me reste de ma famille est ici. La maison de ma grand-mère a disparu.

L'épée de mon père a disparu. Toute mon enfance, tout a disparu.

Un énorme SUV noir s'arrêta. La vitre se baissa. Le conducteur avait une crinière de lion, avec des épaules et des biceps qui ressortaient des manches de son t-shirt gris de façon presque obscène. Mais il y avait ce feu particulier dans ses yeux, indiquant qu'il n'était pas un Shen.

— Salut, dit l'homme à Hunter. C'est une plaie de trouver cette adresse.

— C'est le but, répondit-il. Sophie, Lucas. Lucas, Sophie. Restez tous les deux ici. Je reviens dans un moment.

Il se dirigea vers les flammes.

Une seconde, qu'était-il en train de faire ?

— Hunter !

Il ne se retourna même pas, se contentant d'avancer tandis qu'il répondait :

— Dragon, tu te souviens ?

Je fixai le bâtiment en flammes.

— C'est du feu de mage !

Les flammes vertes épousèrent sa silhouette nue.

— Un dragon ne craint aucun feu.

On racontait que le feu de mage était une autre création de la Dévoreuse. Mais comme à propos des Shens, parfois, les histoires avaient tort.

— Je croyais que le feu de mage était conçu pour tuer les dragons, me dis-je à moi-même.

LA FIANCÉE DU DRAGON

Lucas, qui était sorti du SUV, vint se camper à côté de moi.

— C'est le cas.

Il fixait le chalet qui brûlait furieusement, dans un incendie vif et rugissant.

Nous avons quelques protections contre le feu de mage, mais généralement, ça donne la sensation d'être mangé vif par une colonie de fourmis rouges. Des fourmis qui sont en réalité magiques et en flammes. Quoi qu'il soit allé chercher là-dedans, ce doit être important.

Oui, Lucas était bien un autre dragon.

Le temps ralentit et il me sembla que des heures s'écoulaient.

Soudain, la maison trembla et s'effondra. Des étincelles virevoltèrent dans l'air.

Non.

— Hunter !

J'essayai de courir en direction de la maison, mais me retrouvai avec une grande main masculine autour du poignet.

— Lâche-moi !

— Attends, dit Lucas. Regarde.

Je libérai mon poignet et me retournai vers les flammes vertes. Il y eut une étrange lueur rouge. La lueur devint une silhouette, imposante et brillante de mille feux, à la fois rouge et jaune, qui sortit à grands pas du brasier émeraude, enchevêtrée dans une dizaine de tentacules verts.

La silhouette avait une épée luisante à la main.

Les flammes léchaient sa forme humaine magnifiquement nue, dessinant le contour de ses larges épaules et de ses muscles saillants. Ses yeux brillaient et du feu émanait de lui. On eût dit un dieu du feu vivant.

Non, me rappelai-je. Ce n'était pas un Shen et je serais stupide de l'oublier un jour.

Je voulais m'élancer vers lui, le prendre dans mes bras, mais je me rendis soudain compte de la splendide nudité de Hunter et de la présence de Lucas.

Il s'arrêta devant moi.

— Je te donnerais bien l'épée, mais tu devrais attendre qu'elle refroidisse.

Je serrai les poings, car sans cela, je finirais par le toucher.

— Pourquoi est-ce que tu as fait ça ? Ce n'est rien d'autre qu'une épée ordinaire maintenant.

Son regard était lourd de sens.

— Ce n'est pas parce qu'une chose n'a pas de pouvoir magique qu'elle est sans valeur.

— Bon, dit Lucas d'une voix légèrement ennuyée.

De toute évidence, il avait l'habitude d'aller chercher régulièrement des gens nus et sales devant des maisons en feu au milieu de la nuit.

— Vous pouvez continuer de vous reluquer sur les sièges arrière. Tirons-nous d'ici.

Hunter lui adressa un regard noir. Lucas l'ignora, ouvrit la portière arrière et me fit signe d'entrer. Je me glissai sur le cuir noir merveilleusement chauffé et posai l'épée sur le sol de la voiture. Lucas referma la portière et Hunter ouvrit celle de l'autre côté.

— Il y a un sac en toile avec des vêtements, là derrière.

— Je l'ai, répondit Hunter.

Je regardai par la vitre en direction du chalet qui se consumait tandis que le SUV démarrait.

— Est-ce qu'on va vraiment laisser un feu magique brûler au milieu de la forêt ?

— Le feu de mage va mourir rapidement sans la présence de dragons, m'expliqua Hunter tandis qu'il ouvrait la fermeture éclair du sac. Des nouvelles ?

Lucas soupira.

— Quand la kitsune a été enlevée par la Dévoreuse, elle a laissé une trace magique, pour ainsi dire une carte vers la base de la Dévoreuse. Daniel a confirmé la base.

Grand-mère. Je regardai par la vitre. Je n'arrivais pas à croire que je quittais vraiment le chalet.

— Est-elle encore en vie ? demandai-je.

— Pas sûr, dit Lucas.

Il marqua une pause.

— Même si, avant que cette partie de la Dévoreuse ne s'endorme il y a dix ans, elle aimait garder en vie ceux qu'elle enlevait pour faire des expériences.

Je fermai les yeux et déglutis péniblement. J'avais oublié cela. Une autre des nombreuses rumeurs persistantes répandues par les Shens à propos de la Dévoreuse. Elle n'avait pas de forme et était invisible. Elle voyait tout. Elle pouvait lire les pensées, prédire les actions, elle expérimentait sur ses prisonniers, et ainsi de suite. La Dévoreuse relevait du cauchemar, mais elle était réelle.

Peut-être aurait-il mieux valu que Grand-mère soit morte, tout compte fait.

L'idée se profila dans mon esprit comme une tempête qui se préparait. Je pleurerais si j'y pensais davantage, et je ne voulais pas pleurer devant eux.

Alors, je changeai de sujet.

— Qui est Daniel ?

— Un autre membre de notre petit groupe.

— Combien êtes-vous ?

— Quatre, dit Hunter au même moment où Lucas répondait :

— Trois.

— Lana ne va pas prendre part à tout cela, cracha Lucas d'une voix glaciale. Elle est humaine.

— Cela ne veut pas dire qu'elle n'est pas importante.

Il y eut un grondement sourd en signe d'avertissement sur le siège avant. J'eus la sensation qu'ils avaient déjà eu cette discussion auparavant.

La main de Hunter recouvrit la mienne.

— Je travaille avec des amis, nous allons trouver la Dévoreuse et mettre fin à son existence. Nous te trouverons une place, Justice ou pas. Nous allons découvrir comment t'aider.

— Je ne comprends pas comment tu penses que trois dragons peuvent réussir là où une armée de dragons a échoué.

— Attends, attends, attends, interrompit Lucas. Est-ce que tu viens de l'appeler Justice ?

— Oui.

— Une Justice, répéta Lucas.

Il resta silencieux un moment.

— Eh bien, cela appelle un changement de plan. Je vais dire à Daniel qu'il doit cacher l'argenterie magique.

— L'argenterie magique ?

L'argent était dépourvu de magie par nature. En réalité, c'était le contraire absolu, il repoussait la magie.

Comme moi, je suppose. Apparemment, j'étais l'équivalent de l'argent shen.

Lucas continuait de parler.

— Tu sais, les humains ont un dicton selon lequel il faut cacher l'argenterie. Nous allons devoir cacher les armes magiques pour que tu ne les effaces pas.

Hunter secoua la tête.

— Lucas n'a pas passé autant de temps que moi dans la société humaine.

— C'était une très bonne tentative d'humour, dis-je.

Lucas grogna.

— Même moi, je sais que c'est sarcastique. Alors, j'ai entendu dire que tu pratiquais le Krav Maga. Pourquoi le Krav Maga ? Ton grand-oncle n'était-il pas le dieu du kung-fu shaolin ou quelque chose comme ça ?

C'était de notoriété publique parmi les Shens. Ce qui ne l'était pas autant, en revanche, c'était ce qu'il pensait exactement de moi. Je lui donnai une réponse facile, suffisamment enrobée de vérité pour qu'elle soit crédible.

— Oui, mais ce n'est pas le dieu du métro. Le trajet de métro était plus facile jusqu'au studio de Krav Maga, sur la ligne R.

— Est-ce que Daniel a découvert où la menace se cache ? demanda Hunter en enfilant un t-shirt.

— Sur une île des Caraïbes. Elle la possède à travers une série de sociétés fictives, mais Lana a pu retrouver sa trace. Les images satellites de l'enceinte sont sur la tablette, là derrière.

Hunter sortit la tablette de la poche accrochée au dossier du siège avant et passa son doigt sur l'écran. Il l'inclina vers moi.

— Tu veux voir où la Dévoreuse se trouve ?

Je lui pris la tablette. Il y avait un complexe tentaculaire de rectangles blancs sur une petite île entourée d'eau d'un bleu cristallin. C'était le contraire absolu de l'endroit où j'imaginais que la Dévoreuse se cacherait.

Je rendis la tablette à Hunter et regardai par la vitre. Il n'était pas ma seule option. Même si le nombre de relations shens sur lesquelles je pouvais vraiment compter était plus réduit que le nombre de personnes dans ce véhicule. Quant à les retrouver, ce serait une autre paire de manches. Dans le passé, c'étaient toujours eux qui avaient contacté Grand-mère.

Grand-mère.

J'essayai de réprimer la soudaine pression dans ma poitrine et l'amertume dans ma gorge. Hunter et Lucas commencèrent à parler de leur plan d'attaque et j'aurais dû leur prêter attention. Peut-être était-ce le résultat de la magie et de l'exténuation – ou la conduite horrible de Lucas –, toujours est-il que l'agitation étrange dans mon ventre me donna l'impression que j'allais vomir. Je fermai les yeux pour me concentrer et éviter de faire honte à Hunter.

CHAPITRE 9

UN BRUIT BLANC M'ENTOURAIT, MAIS LA VOIX DE Hunter sembla tout traverser.

— Non, je ne me suis pas senti différent, pas du tout.

Une autre voix masculine dit :

— Tu es sûr que c'est une Justice ?

Je clignai des paupières et me rendis compte que j'étais allongée à l'horizontale, sur un canapé, sous une couverture grise et chaude.

— Elle a éteint les barrières internes du repaire de la kitsune. Elle a littéralement mis les avatars de la Dévoreuse en poussière. Quand je suis retourné au chalet, les plantes qui n'avaient pas été brûlées avaient fané et les pouvoirs magiques qui maintenaient le repaire sur pied avaient littéralement disparu.

Je regardai autour de moi et aperçus le bois poli, les sièges en cuir gris et la rangée typique de petits hublots recouvrant les murs incurvés.

Un vrombissement ambiant formait un bruit de fond.

Je me dirigeai vers la fenêtre et vis des lumières, bien plus bas, dans l'obscurité, avec des nuages qui planaient.

L'autre homme reprit la parole.

— Ça pourrait être utile.

Les voix se baissèrent et ils discutèrent davantage, mais je ne pouvais pas les entendre. Je balayai du regard ce qu'il y avait autour de moi. C'était vraiment un avion. Un jet privé de luxe, semblait-il, avec les marques du même décorateur d'intérieur que chez Hunter.

Sa voix traversa à nouveau le bruit blanc.

— Pas comme ça.

Je me levai et me dirigeai vers les voix, contournant le paravent. Autour de la grande table de conférence marron, Hunter et Lucas étaient assis avec un autre homme à la peau brune qui aurait eu toute sa place sur un podium à Milan, à se pavaner comme un mannequin.

À côté de l'inconnu se trouvait une autre femme, sa peau d'une teinte marron plus claire que la mienne, ses cheveux sombres relevés en une queue de cheval. Elle portait un pull-over gris au logo de l'Université Wellesley. Devant chacun d'eux, il y avait un ordinateur portable, une tablette et un téléphone. Tout un étalage de câbles, de fils électriques et d'appareils électroniques occupait le centre de la table, certains technologiques, d'autres provenant clairement d'un autre monde.

Tous levèrent les yeux vers moi.

Je regardai Hunter, bouche bée, avec incrédulité.

— Un jet privé ? Vraiment ? Vous êtes qui, Batman ?

— Batman est singulier, pas pluriel. Et puis, il travaille seul et il ne vole pas, et il n'a pas de superpouvoirs, dit Lucas.

— Merci, Monsieur le Dictionnaire des Bandes Dessinées, rétorqua Hunter en se levant de son siège.

— Salut, dit la fille avec un signe de la main depuis l'autre côté de la table. Je suis Lana, l'humaine.

— Comme la première copine de Clark Kent, dans sa ville natale, ajouta Lucas, soudain fasciné par ses boutons de manchette.

Lana leva les yeux au ciel à l'attention de Lucas.

— Tu dois être la fée princesse.

Je sourcillai. Fée, démon, diable : les humains avaient de nombreux noms pour nous. Nous avions beau paraître différents, en définitive, nous étions tous des Shens. Et nous n'avions pas de royauté selon les critères humains. J'inspirai profondément, fatiguée de cocher une autre case pour la commodité de la compréhension humaine.

— Hmm, c'est ça. Mais je ne suis pas une princesse.

— Ta grand-mère est la Dernière Grande Dame de l'Est, dit Lucas.

— Certains l'appelaient comme ça, mais pas elle.

C'était un nom qu'elle détestait, en réalité, car cela lui rappelait toutes les personnes qu'elle avait perdues.

Je ne voulais pas penser à Grand-mère de peur d'éclater en sanglots.

— Lana, dis-je, comment t'es-tu retrouvée embarquée dans ce club de super-héros ?

— Plutôt contre mon gré.

— Nous connaissions tous Lana quand nous étions enfants. Nous étions amis.

— Non, l'interrompit-elle sans détourner le regard de son écran. J'étais la fille de la femme de ménage. Et nous n'avons pas grandi ensemble. Vous étiez en pensionnat. Vous me voyiez une fois par an.

Pensionnat ? Je croyais qu'il n'avait pas beaucoup fréquenté la société humaine ? Je croisai brièvement le regard de Lucas.

Oh, les petits mensonges que l'on disait aux humains.

Lucas leva les yeux vers moi.

— Lana est un génie de l'informatique. C'est elle qui nous a aidés à trouver la base principale de la Dévoreuse.

Exact. La Dévoreuse. Je me retournai et jetai un œil par la fenêtre vers le ciel nocturne.

Ils allaient vraiment le faire. Ils allaient

affronter le monstre des cauchemars de mon enfance.

— Je m'appelle Daniel, fit une voix sur ma gauche.

Je me tournai vers le mannequin prêt pour Milan. Il me tendit la main et je la lui serrai. Il y avait une lumière similaire dans ses yeux, que je commençais à reconnaître comme étant celle des dragons.

— C'est moi qui pilote l'avion.

— Il est tellement évident que nous sommes dans le cockpit, dis-je en lui prenant la main, regardant la table de conférence avec insistance.

Daniel désigna la tablette informatique sous son bras.

— C'est fou ce que l'on peut faire avec des ordinateurs, en particulier avec la technologie d'un autre monde. Des trucs comme piloter un avion à distance.

Effectivement. C'étaient bel et bien des extraterrestres d'un autre monde.

— J'ai entendu dire que tu étais une Justice, reprit Daniel. Ne t'inquiète pas, j'ai caché l'argenterie magique.

— L'argenterie magique ? fit Lana en levant la tête. Je croyais que l'argent n'était pas magique.

— Daniel essayait de faire une blague, expliqua Lucas.

— Et il a échoué, ajouta Hunter.

— Merci de le faire remarquer, mon pote, lança Daniel en tapotant sa tablette.

— Pas de souci.

Daniel me regarda.

— Nous avons un nouveau plan.

— C'est un plan de merde, commenta Hunter en se levant pour s'éloigner d'un pas raide. Tu avais raison, Sophie. Je n'aurais pas dû t'amener ici.

Que se passait-il ? Je voulais courir après lui, mais la fierté me retint.

Daniel m'observait avec attention. Pensait-il que j'allais soudain secouer les mains et aspirer ses pouvoirs magiques, quelque chose comme ça ?

— Nous ne pouvons pas sauver ta grand-mère, Sophie.

Je cramponnai le cuir souple du siège situé devant moi. Curieusement, ce n'était pas une surprise.

Grand-mère avait disparu. Je l'avais senti quand les barrières qui étaient censées rester en place même après sa mort s'étaient brisées.

Les sons me semblèrent soudain étouffés.

Ils ne pouvaient pas sauver Grand-mère.

La douleur déchira quelque chose en moi, mes oreilles s'emplirent de bruits précipités.

— Sophie ?

Daniel agita la main devant moi.

— Est-ce que ça va ?

Je clignai des yeux, la bouche aussi sèche que du sable.

— Elle est morte, dis-je.

À ma grande surprise, Daniel secoua la tête.

— Non, nous avons des drones dans l'enceinte de la Dévoreuse et nous pensons qu'elle est encore en vie.

J'étais sûre de l'avoir mal entendu, et pourtant, je répétai ce qu'il avait dit :

— En vie ?

— Oui. Mais c'est ça le problème.

J'aurais dû l'invectiver, éprouver le besoin d'évacuer la douleur en moi. Mais il y avait tant d'informations, trop, à vrai dire, trop à intégrer, trop à ressentir.

Parfois, pour rester en vie, il fallait cesser de ressentir. C'était un instinct de survie, le même qui poussait les animaux à s'arracher un membre coincé dans un piège pour s'échapper.

Dans mon for intérieur, tout était devenu insensible. Et cela me permit de m'exprimer de manière cohérente.

— Qu'est-ce que tu veux dire ?

Daniel tira le siège en face de moi et s'assit.

— La Dévoreuse a l'intention d'utiliser ta grand-mère pour accéder aux profonds nœuds magiques sous la croûte terrestre. C'est la même méthode qu'elle a employée pour détruire notre planète d'origine. Nous ne pouvons pas la laisser réussir.

La fureur. Elle était là, en moi, avec sa chaleur, sa frénésie, et pourtant, je m'accrochai à ce calme. Je savais déjà où le dragon voulait en venir. Mais j'avais besoin de l'entendre de sa bouche.

— Alors, quel est votre plan ?

Daniel me regarda, de la compassion dans les yeux.

— Tu sais ce que nous allons devoir faire.

Je pris une grande inspiration et détournai le regard.

— Je ne vais pas vous en empêcher, déclarai-je.

— Nous avons besoin de plus que ça. Nous avons besoin de ton aide.

J'émis un petit rire et secouai la tête.

— Tu sais quelle va être ma réponse.

Daniel tapota sa tablette.

— Si Hunter a raison, tu pourrais bien être la première Justice de la Terre.

— Je ne vais pas effacer les pouvoirs magiques de ma grand-mère. Ça la tuerait.

Daniel ouvrit puis ferma la bouche.

— Si ta grand-mère vit, alors la Terre mourra.

Je clignai des yeux, et soudain, je me retrouvai dans un espace blanc.

Grand-mère se tenait devant moi dans son kimono rose préféré. Son visage avait cette jeunesse intemporelle que certaines femmes possédaient, et elle avait une mèche blanche dans ses longs cheveux foncés. Elle baissa les yeux vers moi en souriant et me prit la main, couverte de taches de peinture et de paillettes.

Je regardai mes chaussures et vis les poneys arc-en-ciel dessus, ma paire préférée quand j'avais six ans.

— *Sophie, je cache ce souvenir dans ta tête. C'est*

une sorte de mot-clé secret, il ne sera déclenché que pour apparaître quand tu sentiras quelque chose qui, je l'espère, ne surviendra jamais. Mais si c'est le cas...

Des larmes emplirent les yeux de Grand-mère.

J'ai perdu et aimé. J'ai magnifiquement bien vécu. Mais si le choix se présente un jour entre ma vie et ton avenir, tu dois prendre la mienne. Je sais que ça ne sera pas facile. Mais c'est ce que tes parents ont fait l'un pour l'autre. Et même si tes pouvoirs ne se sont pas encore manifestés, je les vois en toi. La force de ton père. La détermination de ta mère. Ils vivent en toi.

Tu peux le faire, Sophie. Choisis ton avenir, pas ma vie. C'est la demande que je te fais.

Elle renifla, essuya ses yeux et sourit.

— Oh, et épouse le dragon.

Je clignai à nouveau des paupières et me rendis compte que Daniel parlait encore.

— ... la Dévoreuse est une entité ancienne, mais c'est ce que les humains appelleraient à présent une intelligence artificielle. Elle apprend de ses batailles passées.

Grand-mère. Elle pouvait m'enchanter et me programmer presque aussi bien que n'importe quel humain. Le vieux renard avait toujours ses secrets.

Je me remémorai la fois où nous étions allées camper et la façon dont elle s'était enroulée autour de moi sous sa forme de renard, alors que nous regardions la pluie estivale de météores ensemble.

Cela n'avait pas d'importance, car elle était Grand-mère.

— Tu es scellée à Hunter. La clé pour découvrir l'étendue de tes capacités se trouvera en lui.

Daniel marqua enfin une pause.

— Est-ce que tu vas nous aider ?

Je pris une grande inspiration.

— Laisse-moi y réfléchir. Dis-moi où trouver Hunter.

~

L'AVION ÉTAIT énorme et luxueux, avec des cloisons en lambris, des meubles sur mesure et de nombreuses cabines privées. Je frappai à trois portes différentes, trouvant le placard à balai, une salle de bains et une pièce remplie de serveurs informatiques avant de localiser ce que j'espérais être la chambre de Hunter.

Je frappai à la porte fermée.

Pas de réponse.

Je frappai à nouveau.

— Hunter, dis-je contre le bois. C'est moi.

La porte s'ouvrit toute seule sur une petite pièce pourvue d'un grand lit. D'après ses cheveux mouillés et la serviette enroulée autour de sa taille, il venait de sortir de la douche.

La serviette Nihao Cat me manquait.

La porte se referma en coulissant derrière moi.

— Tu as entendu le plan de Daniel, dit-il d'un air sombre.

Je m'assis sur le bord du lit, car il n'y avait pas de chaise.

— Oui.

Je savais déjà ce que j'allais faire. Mais d'une manière ou d'une autre, le prononcer à haute voix rendrait les choses plus réelles.

Hunter marqua une pause avant de dire doucement :

— Et si je t'offrais la possibilité d'avoir un autre repaire ? Daniel s'est déjà trompé auparavant.

Je secouai la tête. Comme tous les autres non-humains dans ma vie, il me pensait trop faible.

— Non. Je ne veux plus fuir.

Il avança vers moi, tout en muscles et virilité, bien trop distrayant dans sa serviette. Et pourtant, c'était un soulagement de sentir autre chose que le choc et le chagrin. Je commençais à penser que le fait qu'il soit constamment nu quand il était près de moi était un stratagème pour me brouiller les idées. J'ouvris et fermai les mains.

— Je veux bien essayer d'apprendre. Si tu veux m'aider.

Il émit un petit rire.

— Tu penses que c'est aussi simple ? La dernière Justice a été tuée il y a des milliers d'années. Et tu es une Shen, pas une dragonne. Ta magie est différente.

— Si tu ne veux pas aider, je pourrais

demander à quelqu'un d'autre de me sceller.
Ou…

Je laissai échapper un petit cri en me retrouvant plaquée sur le lit, sous son corps généreusement musclé et à peine vêtu.

— Non, dit-il d'une voix étrangement contrôlée, en parfait contraste avec l'étincelle dorée dans ses yeux.

Je me tortillai, essayant de me libérer, mais la pression de ses hanches devint encore plus insistante. Son odeur, son contact, la détermination de son regard, ne firent que confirmer à quel point j'étais complètement perdue devant lui.

— Hunter !

Je campai mes talons dans le lit, essayant de me lever, mais je ne fis que frotter mes hanches contre les siennes. Il émit un grondement tandis que son sexe durcissait, là où il était appuyé contre moi.

— Non, dit-il à nouveau, d'une voix plus dure cette fois.

Je sais ce que je devrais dire : il n'y avait pas de raison pour que nous demeurions fiancés. Nous n'avions plus besoin d'adhérer à un faux mariage qui nous avait été imposé lorsque nous étions enfants.

Mais tandis qu'il me fixait de ces yeux dorés qui semblaient dissimuler un conflit, je me rendis compte que quelque chose avait irrévocablement changé entre nous.

Quelque chose qui, si on lui donnait du

temps, pourrait être... Non, il était inutile de penser à ce genre de choses, car nous n'avions pas le temps. Et nous serions probablement tous morts au cours des prochaines quarante-huit heures.

Quarante-huit heures à vivre.

— D'accord, dis-je.

Une autre réponse porterait sans doute malheur aux possibilités qu'il nous restait.

Il sembla perplexe un moment. Sa prise sur mes mains se relâcha. Je touchai son visage, le bout de mes doigts dérivant sur ses joues fraîchement rasées.

— D'accord, répéta-t-il lentement, presque comme une question plutôt qu'une affirmation.

Hunter semblait être sur le point de parler, peut-être à propos de cette chose nouvelle et étrange entre nous.

Mais c'était une très mauvaise idée. Car s'il le faisait, j'ignorais comment mener à bien le plan de Daniel et ce qui devait être fait.

M'assurer que Grand-mère ne souffre pas.

Épouse le dragon.

J'enroulai mes bras autour de son cou et attirai Hunter pour l'embrasser.

Pendant le plus infime des moments, il demeura surpris.

Puis ses mains se posèrent sur mes fesses, m'attirant à lui. Mon jean était à peine plus consistant que du papier de soie contre sa force surhumaine lorsqu'il le déchira. Ses mains et sa bouche étaient partout, réclamant mon corps par son contact chaud et possessif. *Tu es à moi, à moi, à moi,* disaient-elles. Je tirai sur la serviette au niveau de ses hanches et son sexe surgit, tellement épais que je ne pouvais même pas refermer complètement ma main autour. À l'idée de l'avoir en moi, mon entre-jambe se contracta avec une impatience délicieuse.

— Dis-moi qu'il n'y a pas de magie dans cet avion, haletai-je.

Je ne voulais pas détruire l'appareil comme les barrières de ma grand-mère.

— Pas de magie… Justice, ajouta-t-il, l'accent chantant de la langue draconique transparaissant dans ses mots.

Sa main se plaça entre mes jambes. Je les écartai pour lui, tremblant au contact de son pouce contre mon clitoris. Ses doigts glissèrent profondément à l'intérieur.

Pourquoi m'appelait-il toujours ainsi ?

Oh, non, ce n'était pas *justice* qu'il disait, mais *juste ici.*

— Tu es tellement humide pour moi, dit-il avec le sourire d'un dragon conquérant un nouveau trésor.

Je passai la main entre mes cuisses et étalai mes fluides sur son sexe. Il grogna et plaqua ma main sur le lit tout en se pressant contre ma vulve.

— Tu vas mettre fin à tout ça plus tôt que prévu si tu continues, Sophie.

J'enroulai mes jambes autour de ses hanches,

me cambrant contre lui, attirant le bout de son sexe en moi.

— Je m'en fiche, dis-je d'une voix presque essoufflée. J'ai besoin de toi en moi, maintenant.

Il me pénétra si fort que je mordis son biceps pour m'empêcher de crier. Mon sexe se contracta autour de lui et il m'embrassa tout en commençant à bouger, chaque muscle bandé par l'effort alors qu'il se retenait. Il se retira lentement, puis s'enfonça de nouveau en moi. Je gémis sous ses assauts énergiques.

— C'est tellement bon, putain. Je pourrais te prendre comme ça toute ma vie.

Ces mots étaient trop proches de la réalité. *Je ne peux pas avoir cela, je ne peux pas l'avoir, lui,* pensai-je alors même qu'il me pénétrait, me comblant de sensations plus intimes et plus profondes que personne d'autre auparavant. Et pourtant, j'étais vide. Cette relation aurait pu être la bonne, *il* aurait pu être le bon.

Je ne le saurais jamais. Nous n'avions tout simplement pas le temps.

Ses doigts chauds parcoururent ma peau, laissant des traînées brûlantes qui me faisaient tout oublier si ce n'est l'envie de m'ouvrir à lui. Ma magie interne s'ouvrit toute seule. J'avais besoin de la sienne, besoin de son pouvoir. À chaque coup de reins, il me le donnait, mais ce n'était pas suffisant. J'en voulais davantage, j'avais besoin de plus, et bon sang, j'en avais besoin rapidement. Tous mes mots sortirent en vitesse :

— Hunter-ne-te-retiens-pas-prends-moi-fort.

Il marqua une pause, son front contre le mien, et me regarda dans les yeux.

— D'accord, dit-il doucement.

Mon cœur s'arrêta en voyant ses yeux dorés soudain sérieux, ceux qui en voyaient trop.

Il *bougeait* comme aucun mortel ne le pouvait, car il était un dragon et j'étais une Shen. Je criai sous ses va-et-vient fougueux. De plus en plus rapides, ils me remplissaient de chaleur, de feu. Je ne pouvais rien faire d'autre que tenir bon. Ses mains étaient posées sur ma taille et je me contorsionnais. Il me prenait, m'utilisait de toutes les manières dont il avait envie. Je criais son nom et il grognait le mien.

Enfin, son pouvoir explosa en moi.

Et mon moi magique l'accueillit entièrement, surfant sur une vague d'extase et de plaisir qui allait au-delà de l'humain, shen et dragon, car nous étions la lumière, nous étions le feu, et plus important encore, nous ne faisions qu'un.

CHAPITRE 10

PETIT À PETIT, JE M'ÉVEILLAI. LE GRAND CORPS chaud de Hunter était enroulé autour du mien, mon dos contre son torse, l'une de ses jambes autour de ma cuisse.

Je n'aurais souhaité être nulle part ailleurs.

Il caressa doucement mon avant-bras.

— Le scellement... ce n'est pas comme ça pour tout le monde, pas vrai ?

— Non.

Je me retournai pour lui faire face, m'appuyant sur un coude contre l'oreiller.

— Mais aucun pouvoir magique n'a été échangé. J'ai juste pris le tien. Pourquoi n'es-tu pas affaibli ?

Il regarda mon visage, caressant ma joue de son pouce et écartant mes cheveux de mes yeux.

— La magie n'est pas comme de l'eau dans un verre. Tu ne peux pas vider quelqu'un de ses pouvoirs magiques. C'est plus comme... une

émotion. Tu peux sentir quelque chose profondément. Tu peux partager ce sentiment. Mais le
simple fait de partager ce sentiment ne veut pas
dire que tu en as moins.

Il ferma brusquement la bouche, se détourna
de moi et se redressa, posant ses pieds par terre.

C'était mieux ainsi, me dis-je à part moi. J'essayai de faire mine d'ignorer de quoi il parlait.

— C'est une compréhension de la magie
différente de celle des Shens.

Je marquai une pause et obligeai mes
pensées à suivre une autre voie.

— Attends, si c'est le cas, comment une
Justice efface-t-elle la magie ?

Hunter se leva, prit une tablette sur la table
de chevet et y fit glisser son doigt. J'essayai
d'ignorer à quel point son sexe était proche de
mon visage, me demandant ce que je ressenti-
rais en l'ayant dans ma bouche.

La chaleur qui mijotait en moi commença à
faire des étincelles.

Hunter maintint le regard rivé sur l'ordinateur.

— Dans les histoires, c'est ce qu'elles
faisaient. Mais elles faisaient également entrer
en éruption les volcans, contrôlaient la lave et
parlaient aux animaux.

Je partis d'un petit rire.

— Eh bien, crois-moi, si je pouvais parler
aux animaux, je dirais aux pigeons qui font
toujours leurs besoins sur ma sortie de secours
de déguerpir.

— Ces récits sont tellement anciens qu'ils relèvent plus du mythe que de l'Histoire.

Il passa la main dans ses cheveux, marmonnant entre ses dents :

— Ce symbole ne va pas. Ce n'est pas « l'équilibreur d'énergie », c'est autre chose.

J'étais à deux doigts de tendre la main vers lui.

— Quoi ?

Il effleura quelque chose sur l'écran.

— J'étais le meilleur en draconique, dit-il, faisant référence à sa langue ancestrale, et les textes que je suis en train de regarder sont sous la forme classique, ce qui rend les choses encore plus difficiles.

— Au moins, tu as appris. Je pensais que c'était cool et rebelle de refuser d'apprendre à lire correctement le Shen, mais maintenant, je suis presque illettrée. Enfin, si tu me dis de nettoyer ma chambre ou de raccrocher le téléphone, je le comprendrai.

Il leva les yeux et m'adressa un sourire en coin.

— C'était soit le draconique soit deux autres langues qui ne sont même pas utilisées sur Terre. J'ai choisi ce que je pensais être le plus utile.

Hunter regarda son écran à nouveau.

— La réalité de ce qu'étaient ces Justices ? Les sources faisant autorité ne concordent pas.

— Alors, au final, tu n'es pas sûr de ce que je suis.

— N'est-ce pas la nature des Shens d'être imprévisibles ? Tu as quelques capacités magiques, même si ce n'est pas ce à quoi tu t'attendais. Tu dois juste apprendre comment y accéder et les contrôler.

Je levai le menton pendant qu'il parlait.

— Est-ce que tu vas essayer de me l'enseigner ?

Il laissa échapper un long soupir. Je pensais qu'il était sur le point de me dire non.

— Nous pouvons voir les bases.

— Laisse-moi deviner : fermer les yeux, respirer, vider mon esprit, bla bla bla.

— Il y a une raison pour laquelle cette pratique transcende les cultures.

Je soupirai à nouveau.

— Sais-tu combien de fois j'ai fait ça ?

— Ne pense pas au passé. Ne pense pas à l'avenir. Concentre-toi seulement sur le mouvement de ta respiration.

Je croisai les jambes et redressai mon dos, les paumes tournées vers le haut.

Hunter me toucha de son feu, caressant tendrement ma peau.

— Qu'est-ce que tu ressens ?

— Hunter, soupirai-je.

J'ouvris les yeux et sentis presque son pouvoir en moi, une puissante chaleur qui réchauffait ma peau. Curieusement, ma bouche devint engourdie et piquante, mais pas d'une façon déplaisante.

— Maintenant, expire.

Je soufflai et de la fumée s'échappa de ma bouche. Je marquai une pause, émerveillée, fixant des yeux les fumerolles en train de disparaître.

— Comment est-ce possible ?

La voix de Hunter était sèche.

— Ça ne devrait pas l'être.

Je me tournai vers lui. Il s'habillait à la hâte.

Avais-je fait quelque chose de mal ?

— Tout va bien ?

— Tu n'es pas une Justice. Du moins, pas comme les dragons l'entendent.

Alors, qu'étais-je ? Toute ma vie, j'avais voulu être une véritable Shen avec un certain talent, ne serait-ce que la capacité de faire pousser les fleurs ou de changer la couleur des feuilles, quelque chose de stupidement inoffensif dans ce genre-là.

Pendant des heures, j'avais cru avoir découvert ce que j'étais – une Justice –, mais à présent, il me disait que ce n'était pas le cas.

Il n'y avait jamais de réponses faciles à la question de ce que j'étais.

Je sortis du lit et trouvai mon sac à côté de l'épée de mon père. Bien entendu, il les avait placés dans sa chambre. Où d'autre pouvais-je dormir ? Ne voulait-il plus de moi à présent ? Il y avait une crampe dans ma poitrine, comme si mon cœur était dans un étau, alors je continuai de parler :

— Je n'ai jamais su ce que j'étais. Shen, humaine... Au final, je me rends compte que cela n'a pas d'importance, car je suis encore en fuite. Je suis fatiguée d'avoir besoin d'être protégée, que d'autres personnes meurent pour moi. J'ai été en fuite toute ma vie.

Je le regardai, concentrée sur la détermination que je devais avoir plutôt que sur… ce que nous étions, aussi flou que ce soit.

— Je ne vais plus fuir.

Hunter ne flancha pas.

— Tu ne peux pas t'engager dans le plan de Daniel. Tu n'es pas une Justice.

— Comment sais-tu que je ne suis pas une Justice ?

— Une Justice… n'aurait pas dû être capable d'expirer de la fumée de dragon.

Il avait dit cela comme si j'étais censée comprendre. Connaissant les dragons, c'était probablement le cas. Je sourcillai.

— Est-ce que l'on est… définitivement scellés ?

— Non. Mais tu n'aurais pas dû pouvoir faire ça.

Il ouvrit la bouche, puis marqua une pause avant de parler.

— Nous n'avons pas le temps. Sophie, je suis désolé de t'avoir amenée ici. Tu ne peux pas mener à bien le plan de Daniel. Tu ne ferais que gâcher ta vie.

Je compris de quoi il s'agissait vraiment.

Il avait peur. Pas pour lui, mais pour moi.

— Ce n'est pas ce que tu es en train de faire, toi ? demandai-je doucement.

Son corps était tendu, sur le point d'exploser.

— C'est différent. Je me suis entraîné pour ça.

Probablement toute sa vie. Et moi, pour quoi avais-je été entraînée ?

Pour la fuite.

Et qu'est-ce qui en était ressorti ?

Je pensai aux mains toujours parfaitement manucurées de Grand-mère, couvertes de terre tandis qu'elle plantait de jeunes pousses de jasmin autour du chalet.

Je pensai à elle en train de me serrer fort dans ses bras lorsque je perdais espoir à cause de mon manque de pouvoirs magiques, de mon échec en tant que Shen.

Je pensai au message qu'elle m'avait envoyé : *Fuis, petit renard.*

Je pris l'épée de mon père. Le côté fondu du pommeau la déséquilibrait.

— Depuis que je suis petite, je sais qu'un jour, je devrai faire face à ce monstre.

Hunter couvrit ma main armée de la sienne. Sa voix était basse.

— Tu vas mourir, Sophie.

Debout à côté de lui et de sa magie de dragon ineffable, j'avais l'impression d'être en présence d'un volcan de magie bouillonnant et imprévisible.

— Je vais me battre, déclarai-je.

Mais nous n'avons pas le luxe d'avoir du temps, ni le luxe d'écouter quoi que ce soit qui

puisse nous arrêter, qui affaiblirait notre détermination.

— Et toi aussi.

Je n'aurais pas dû le dire, car ma voix se
brisa, trahissant mes sentiments.

Il serra fortement ma main et la porta vers
ses lèvres, embrassant mes jointures comme le
chevalier condamné d'un conte de fées.

Enfin, il sortit de la chambre sans un mot.

J'expirai. La chaleur de sa bouche était
encore présente sur ma main.

Merde, c'était stupide. Nous étions sur le
point de mourir, j'étais sur le point de faire face
au monstre de mes pires cauchemars. Bon sang,
nous n'étions même pas capables de parler de ce
qui était juste devant nous !

Je le poursuivis.

Daniel et Lucas étaient penchés sur un
écran, dans une conversation animée, pendant
que Lana tapait quelque chose d'un air concen-
tré. Ils s'arrêtèrent tous et me dévisagèrent.

J'avais encore mon épée à la main.

Et elle luisait.

— Où est Hunter ?

Je perdis l'équilibre et tombai contre la
cloison tandis que l'avion tremblait en émettant
un bruit sourd et fort. Les lumières vacillèrent
et un crissement de métal se fit entendre.

Une force invisible de gravité, presque aussi
tangible que la magie, sembla me donner un
coup à la poitrine.

La cabine devint sombre.

Lucas cria :

— J'ai Lan…

Puis un autre bruit assourdissant me jeta par terre.

Un silence.

Les lumières s'allumèrent.

La Dévoreuse.

L'avion tremblait encore, et à présent, moi aussi. Chaque muscle de mon corps était tendu, prêt à fuir, mais où pouvais-je fuir dans un avion en plein vol ?

Hunter s'accroupit à côté de moi et m'aida à me relever. Comment était-il apparu aussi vite ?

— Est-ce que ça va ?

Mon cœur battait follement. J'allais m'évanouir. Si l'avion était sur le point de s'écraser, nous ne pouvions rien faire.

— Je vais bien.

Daniel poussa une tablette devant Hunter.

— Tiens. Va dans le cockpit et pilote. Je sors.

Quoi ?

— Est-ce que Daniel a dit qu'il allait sortir ?

Hunter me prit le bras et commença à m'entraîner vers l'avant de l'avion.

— Attends ! Où sont Lucas et Lana ?

— Ils vont bien.

— Attends, comment Daniel…

Hunter bondit sur le siège du pilote tandis que des ailes de dragon dorées apparaissaient dans l'obscurité, aussi fugaces qu'un éclair. Du feu illumina le ciel, et derrière la vitre, un nuage noir émergea, agglomérat de pointes dotées d'yeux et de dents.

Une peur froide m'étrangla. La Dévoreuse était là.

— Assieds-toi et accroche-toi, Sophie, dit calmement Hunter comme s'il n'y avait pas un monstre immortel volant à l'extérieur de l'avion. Ce n'est pas la Dévoreuse. Seulement d'autres sbires.

Des sbires. Curieusement, cette prise de conscience suffit à me faire réagir. J'obéis rapidement à ce qu'il m'avait dit et m'attachai au siège de copilote.

De longues dents jaunes s'écrasèrent contre la vitre, près de mon visage. Je poussai un cri. Les dents rongèrent le verre. D'autres suivirent. D'autres bouches, d'autres yeux, d'autres crocs. En arrière-plan, le ciel semblait embrasé par le feu.

Mon estomac se noua lorsque l'avion tomba en piqué.

Crac.

Le verre du cockpit se craquela en forme de toile d'araignée. Merde, merde, merde !

Un rugissement m'emplit les oreilles tandis que les bouches éraflaient le verre.

Crac.

Je ne pouvais pas détourner le regard des fêlures qui s'étendaient.

Cela ne pouvait pas terminer ainsi, avec un accident dans la nuit, sans bataille, sans possibilités.

Crac.

Hunter lâcha le manche et déboucla sa ceinture de sécurité. Il se tourna vers moi et dit quelque chose que je ne parvins pas à entendre. Il tendit la main, essayant de détacher ma ceinture.

Il allait tenter de me sauver.

Ce faisant, il risquait de mourir, comme toutes les autres personnes qui avaient compté dans ma vie.

— Va-t'en ! essayai-je de lui crier. Sors d'ici !

Il tendit la main vers moi, mais je repoussai son bras.

— Va-t'en !

Il grogna, une vocifération de dragon qui se fit entendre par-dessus le rugissement de l'avion. Une peur bestiale et instinctive m'immobilisa à ce bruit. Il me tira de mon siège, ses bras me plaquant contre son torse.

— Non…

Sa voix était brusque, rude à mon oreille.

— Ferme les yeux et fais-moi confiance.

Je regardai ses deux abysses dorés.

— S'il te plaît, fais-moi confiance, Sophie.

Je fis ce qu'il me demandait.

Le verre vola en éclats. Le vent s'empara de nous, cueillant mon cri sur mes lèvres.

Un univers de douleur explosa en mille petits morceaux.

CHAPITRE 11

MON ESTOMAC REMONTA DANS MA GORGE ET
s'éjecta tout seul de mon corps.

Du moins, ce fut l'impression que j'en eus.

Tout ce que j'avais mangé, et même envisagé
de manger, jaillit de mon estomac. Je m'écroulai
sur le sol, du sable froid et doux sous mes
doigts, toussant et nauséeuse tandis que mon
ventre gémissait pendant ce qui sembla être une
éternité. Enfin, il se calma. Des grains de sable
gris se trouvaient entre mes doigts.

Je levai les yeux vers la nuit.

La lune était là. Et les étoiles.

Le souvenir de l'accident d'avion imminent
revint avec force dans mon esprit.

Je regardai autour de moi. Les feuilles
sombres et plumeuses des palmiers m'abritaient
et dansaient dans la brise. Le déferlement des
vagues de l'océan résonnait à mes oreilles.

Que venait-il de se passer ?

— Hunter ?

Pas de réponse.

Je me dirigeai en titubant vers l'océan et émergeai sur une vaste plage blanche, splendide et envoûtante au clair de lune. C'était le genre d'endroit que des amoureux rêveraient d'arpenter, en vacances, à l'exception de l'épave d'un avion en feu à proximité.

— Hunter ? lançai-je à nouveau. Lucas ? Daniel ? Lana ?

Seules les vagues me répondirent.

Une rafale me refroidit sous mes vêtements trempés. Je pouvais sentir la tempête en approche.

Hunter… Je n'avais jamais eu la possibilité de lui dire…

Non. Je refusais de croire que quelque chose d'aussi trivial qu'un accident d'avion puisse tuer un dragon.

Je criai le prénom de Hunter. Le vent emporta ma voix, mais un étrange hululement répondit au loin. L'appréhension m'étreignit. Ces dents volantes étaient encore là, quelque part.

Je trébuchai sous les palmiers, espérant que les feuilles me fourniraient une sorte de protection tandis que je cherchais quelque chose pour me défendre. Dans l'accident, j'avais perdu mes chaussures. Je marchai sur quelque chose de dur et de rond et découvris une bouteille de bière brisée.

Je la ramassai. Au moins, je n'avais pas

marché sur le bord dentelé. C'était mieux que rien.

Je continuai, essayant sans succès de résister à mes peurs paralysantes. Et si Hunter était mort ? Et si tout son groupe était mort ? Ce n'était pas juste. Nous n'avions même pas eu l'occasion de nous battre.

J'aurais dû le savoir. Si la vie avait été juste, j'aurais eu les capacités de faire ce qui devait être fait.

Je plissai les yeux en direction de l'eau et vis une bûche roulant sur la plage, dans le reflux d'une vague.

Une bûche de forme humaine.

Je me précipitai, mes pieds dans le sable mouillé et froid.

Hunter était allongé dans le sable, sur le dos, les yeux clos.

Il était encore chaud et il respirait encore. La joie et un soulagement bienvenu me submergèrent.

— Hunter ! dis-je en le secouant.

— Salut, Sophie, répondit-il d'une voix rauque et gutturale.

Ses mots étaient nonchalants, comme si je venais de tomber sur lui dans le cadre d'une promenade au parc.

Je me jetai à son cou. Une chaleur électrique me submergea immédiatement, s'accumulant partout où nos peaux se touchaient. Soudain, son corps s'agita.

Il bondit sur ses pieds.

— Comment est-ce que tu as fait ça ? demanda-t-il.

— Comment est-ce que j'ai fait quoi ?

— Tu… as ranimé ma flamme.

Il se tourna vers moi. Le feu vacillait autour de lui, l'eau grésillait en heurtant sa peau, l'entourant de vapeur. En dépit de ses cheveux ébouriffés et couverts de sable, les vêtements détrempés et fumants qui moulaient ses muscles le faisaient ressembler au fantasme d'une sirène.

— Tu n'aurais pas dû être capable de faire ça, dit-il d'une voix troublée.

Je regardai mes mains en me demandant ce que j'avais fait.

— Les Shens. Nous sommes imprévisibles, dis-je, paraphrasant ce qu'il avait dit plus tôt. Et toi ?

Je me détendis, me délectant de sa vue autant que je puisse le supporter sans éclater en sanglots ou me jeter sur lui.

— Est-ce que tu m'as juste téléportée depuis l'avion ?

— Avant, les dragons pouvaient créer des trous de ver à travers l'espace et le temps. Nous ne pouvons plus, mais de temps à autre, je parviens à réaliser une téléportation. Mais c'est exténuant.

Les bras de Hunter furent soudain autour de moi tandis que quelque chose explosait dans l'avion.

Nous nous retournâmes tous les deux vers l'épave en flammes.

La Dévoreuse nous avait battus. Nous étions foutus avant même d'avoir commencé.

— Attends, qu'est-il arrivé à…

— Lucas a dû sortir Lana. Et en ce qui concerne Daniel…

Une colonne de feu rouge surgit dans le ciel, bien trop brillante pour quelque chose de naturel.

Le visage de Hunter était sombre.

— Elle a Daniel. C'est son feu que tu vois.

Je déglutis. Cela voulait-il dire que Daniel était mort ?

Hunter fit un pas en avant et s'arrêta.

— La Dévoreuse aime les sujets d'expérience. Elle étudie les êtres magiques pour comprendre comment fonctionne leur magie intrinsèque. Et quand la Dévoreuse apprend comment cette magie fonctionne, elle prend cette connaissance et la fait sienne.

C'était un être capable non seulement de dévorer la magie, mais aussi d'incorporer à son arsenal les pouvoirs de ceux qu'elle dévorait.

J'eus soudain froid, plus que jamais.

C'était précisément pour cette raison que Daniel pensait que j'avais une chance. Car ils estimaient que je pouvais être quelque chose qu'elle n'avait encore jamais rencontré.

Je fixai du regard la carlingue fumante.

Survivre n'avait jamais fait partie du plan de Daniel.

Hunter se détourna de l'océan, en direction de l'île.

— La téléportation n'est pas quelque chose que je pourrais faire facilement avec quelqu'un d'autre.

— Alors, transforme-toi en dragon et fais-nous voler jusque là-bas. Je sais que tu vas y aller.

— Non.

— Hunter...

— Non.

— Tu as besoin de moi. Tu as besoin de mon pouvoir.

Je fis un pas en avant, essayant de deviner.

— Tu t'es épuisé et tu as besoin de plus.

Je touchai ses doigts. Ils se raidirent comme s'il s'efforçait de ne pas les refermer autour des miens.

— Non.

Je déglutis, fermai les yeux et essayai quelque chose que ma grand-mère m'avait enseigné. J'avais reçu toutes les leçons, je connaissais tous les enseignements, j'avais toutes les pratiques et tous les modèles tracés dans mon esprit, en dépit du fait que je n'avais pas de capacités magiques, car Grand-mère avait toujours été convaincue que mon pouvoir finirait par se manifester. Des années auparavant, j'avais abandonné tout espoir de magie et je m'étais consacrée à être la meilleure humaine possible.

Mais à présent, je savais que le symbole avait

été plus qu'une simple protection. Il avait également exercé le rôle de « verrou ».

Le symbole avait disparu.

Imagine un feu en toi. Prends ce feu en toi, rassemble-le et pousse-le.

Il tituba en avant avec un sursaut.

— Sophie ! Tu ne peux pas faire ça.

La lueur provenant de mes mains déclina. Hunter avait dit que la magie n'était pas comme le contenu d'un récipient que l'on vide, mais plutôt quelque chose qui pouvait être partagé.

Bizarrement, ce n'était pas l'impression que j'avais. Pendant une fraction de seconde, tout devint sombre. J'ouvris les yeux en sentant les mains chaudes de Hunter sur mes épaules.

— Qui t'a appris à faire ça ?

Je clignai des yeux, essayant d'ajuster ma vue.

— Ma grand-mère.

— Ta grand…

Il laissa échapper un rire sec.

— Elle le savait, pas vrai ?

— Elle savait quoi ?

— Je vais aller sur cette île, Sophie, pour en finir avec cette chose. Et les possibilités que je revienne… Tu m'as dit que toute ta vie, tu t'étais battue pour avoir ta liberté, pour choisir ta propre destinée. Est-ce ce que tu choisis librement ? La mort ?

Je serrai les poings.

L'instant d'après, je me pris les pieds sur un objet à demi enfoui dans le sable.

Je me retournai et découvris une garde familière avec un pommeau partiellement fondu, coincé dans le sable.

Peut-être était-elle encore magique, d'une manière ou d'une autre. Mais comment le saurais-je ? Et d'ailleurs, le simple fait que Hunter connaisse la magie des dragons ne voulait pas dire qu'il connaisse aussi la magie des Shens.

Je tirai l'épée du sable.

— C'est le démon qui a enlevé ma grand-mère, qui a dévoré ma famille, qui a mené mon peuple au bord de l'extinction. Si je meurs en tuant cette créature, alors au moins, ma vie aura servi à quelque chose.

— Sophie...

— Ne me refuse pas ça, Hunter. Ce n'est pas ta décision.

Une flamme vacilla dans ses yeux.

J'insistai, car tant que je parlerais, il ne le ferait pas.

— Réfléchis. Une fois que tu auras disparu, mes chances de survie auront disparu aussi. Pars sans moi et je te suivrai, et je serai enlevée. Ou élabore un plan avec moi et augmente mes chances de survie.

Il m'attira près de lui, ses bras m'écrasant presque contre son torse, ma tête sous son menton. Je connaissais le rythme du battement régulier de son cœur.

— Je te déteste, Sophie, dit-il tout bas.

Je resserrai mon emprise sur lui, souhaitant ne jamais devoir le lâcher.

— Je te déteste aussi, Hunter.

~

HUNTER et moi élaborâmes un plan.

Mais qu'est-ce qu'un grand homme avait dit, un jour ? Que les plans de bataille survivaient rarement au premier combat.

C'était bien trop vrai dans ce cas-là.

J'avais remporté mon combat pour persuader Hunter de se séparer de moi. Il serait la diversion. Hunter avait réussi à récupérer quelques armes encore fonctionnelles de l'épave. Nous trouvâmes un petit radeau de sauvetage et l'utilisâmes pour pagayer jusqu'à l'île, à environ seize kilomètres au sud, là où la base de la Dévoreuse se trouvait.

Juste avant de nous séparer, il me serra fermement dans ses bras.

— Ce n'est pas un au revoir, dit-il, mentant entre ses dents. Nous allons en finir avec la Dévoreuse. Et quand nous aurons terminé…

Je touchai sa joue.

— Nous renégocierons ce contrat de fiançailles.

Le côté droit de ses lèvres s'étira en un demi-sourire que je mémorisai.

— Tu ferais mieux d'avoir quelque chose de bon pour marchander.

Je l'embrassai. Nous nous séparâmes.

Mais je ne fus pas aussi discrète et furtive que je l'avais espéré.

J'avais des pistolets, ainsi que l'épée de mon père. Mais une fois confrontée aux sbires en costume noir de la Dévoreuse, je me rendis compte qu'ils étaient tous des employés humains qui n'étaient pas contrôlés par la magie du monstre.

J'avais des ancêtres shens qui auraient eu autant de scrupules à tuer un humain qu'à écraser une mouche.

Mais je n'avais jamais été une très bonne Shen. J'hésitai, et ce fut mon erreur.

Ils m'attrapèrent, me menottèrent et me bâillonnèrent, puis ils me jetèrent à l'arrière d'un pick-up. Tandis que le véhicule roulait sur une route cahoteuse, je ne cessais de regarder le ciel, craignant une explosion de feu. J'étais terrifiée, et en même temps, j'espérais que Hunter tomberait du ciel.

Mais il ne vint pas.

J'en étais ravie, me dis-je. Car cela signifiait qu'il avait bien reçu mon message : tiens-t'en au plan.

Après tout, le plan consistait à se rendre au manoir de la Dévoreuse, situé au sommet de la colline.

Seulement, pas de cette façon.

Le pick-up s'arrêta et ils me sortirent du coffre. J'avais vu des images satellites de cet endroit, mais bien entendu, elles n'étaient pas à la hauteur du manoir splendide et tentaculaire aux murs blancs qui aurait toute sa place dans une publicité pour un parfum haut de gamme.

Un autre homme en costume foncé s'approcha. Il était presque complètement impossible à discerner des autres, mis à part son rictus hideux révélant des dents juste un peu trop longues pour être humaines. Une autre des créatures de la Dévoreuse, simulacre ou humain transformé, difficile à dire.

— Emmenez-lui la femme. Elle l'attend dans le laboratoire.

Une peur glaciale s'insinua sur ma peau tandis qu'ils m'escortaient à travers les pièces élégantes dépourvues de meubles et de décoration. Aussi splendide qu'il soit, avec ses chandeliers en cristal et ses sols en marbre rose incrusté, le manoir résonnait de l'écho du néant.

Cependant, il y avait une odeur, une puanteur que je reconnus grâce à un job d'été que j'avais eu quand j'étais adolescente, dans un supermarché. Ce ne fut pas tant l'odeur elle-même qui me terrifia, mais le constat qu'elle ne me dégoûtait plus.

C'était une odeur de chair et de sang frais, celle d'un abattoir.

CHAPITRE 12

ILS M'EMMENÈRENT JUSQU'À DE GRANDES PORTES noires richement sculptées, avec des boutons en cristal, puis ils laissèrent tomber l'épée de mon père devant moi.

— Elle veut la voir, annonça l'un d'eux en riant.

Ils me retirèrent les menottes et me poussèrent à travers les portes. Le verrou cliqueta derrière moi.

La pièce était tellement obscure qu'il fallut un moment à mes yeux pour s'ajuster, mais même si je ne pouvais pas voir grand-chose, je sentais le vide de l'espace gigantesque, au fond d'un grand abîme sombre. La puanteur m'entourait, mais à présent, elle était mêlée à quelque chose de plus âpre et chimique.

Tandis que mes yeux s'ajustaient à l'obscurité, je distinguai de faibles lumières fluorescentes devant moi. Comment un tel espace pouvait-il tenir dans le manoir que j'avais vu de l'extérieur ?

À ma gauche, une lumière étincela avant de faiblir.

Bien sûr, la magie, évidemment.

Il n'y avait pas de fenêtre, seulement des ombres et des écrans avec des suites de lignes de code dans une langue que je n'avais jamais vue sur Terre.

— Viens ici, dit alors une voix féminine et douce.

C'était le genre de voix calme qui pourrait appartenir à une déesse de la tranquillité plutôt qu'à quelque chose connu sous le nom de la Dévoreuse.

Chaque partie de mon être me hurlait de fuir aussi vite et loin que possible.

Il y eut un bref reflet de lumière sur l'épée.

Mon père avait-il ressenti cela en combattant la Dévoreuse pour la dernière fois ?

Moi, je n'avais rien d'autre qu'une épée et une capacité nébuleuse quelconque – que je pourrais posséder ou pas, et que je ne savais même pas utiliser.

J'obligeai mes pieds à bouger et descendis l'allée de marbre sombre. Au bout, une femme blonde à la peau lisse se tenait debout devant moi sur une estrade légèrement surélevée, entourée par des écrans flottant dans l'obscurité. Elle avait des cheveux blancs comme neige, des yeux sombres, et elle était vêtue d'une robe immaculée, fixant du regard une grille à sa droite, dans les airs, sereine et paisible en apparence.

Mais elle luisait d'un étrange éclat luminescent.

J'avançai, essayant de réprimer le tremblement de mes mains. C'était ça, la Dévoreuse ? Le monstre qui avait tué ma famille, ma grand-mère ?

— Merci de m'avoir apporté l'épée, dit-elle, la tenant dans ses mains tandis qu'une goutte couleur chair glissait le long de son visage. En ce qui te concerne, il n'y a pas de meilleur destin que de servir le plus grand bien.

Quelque chose éclaboussa le sol. Un coup d'œil vers le bas me révéla des flaques de peinture couleur pêche.

Mais les flaques de peinture bougèrent sous sa robe.

Elle tourna la paume vers le haut et me fit signe d'avancer, sa peau ondulant comme si elle était fluide.

Tout en moi me hurlait de fuir. De fuir ce monstre mangeur de magie, mais la seule arme que j'avais vue jusque-là était l'épée de mon père. Cela devait être une sorte de signe.

Ou plutôt, une sorte d'appât.

Mais j'avais trop besoin de mettre un pied devant l'autre pour avancer.

— Quel plus grand bien ?

D'autres gouttes tombèrent de sa main, puis sur le sol.

C'étaient des morceaux de chair, de la chair liquide.

— Faire progresser la connaissance, bien entendu. Partager tes secrets avec autrui, pour que tout le monde puisse en tirer profit.

Elle leva les yeux de son écran.

— Tu es une Justice. Pas comme celles que j'ai connues, mais une Justice quand même. Oui.

Elle tapota l'écran. Un gémissement robotique se fit entendre, menaçant, et je compris que quelque chose s'approchait de moi.

— Tu aideras à faire progresser la compréhension pour tout le monde.

Il y eut un mouvement sur l'un des écrans, étiqueté *Expérience 9351-C*. À ma grande horreur, il montrait Lucas sous sa forme humaine, avec une couronne. Il essayait de tuer Lana, qui semblait porter une étrange armure noire.

D'autres regards du coin de l'œil me confirmèrent qu'il n'y avait pas d'écran pour Daniel. Ni pour Hunter.

Était-ce une bonne ou une mauvaise chose ?

Je sursautai lorsqu'elle laissa tomber l'épée par terre et la lança vers moi d'un coup de pied.

— Ramasse-la.

Je la regardai en me demandant si elle l'avait enchantée avec une sorte de magie qui me transformerait en serpent ou en pantin de chair au moment où je la toucherais.

— Je ne l'ai pas enchantée. Elle est exactement dans l'état où tu me l'as apportée.

— Pourquoi devrais-je vous croire ?

— Car j'aime avoir des réponses à mes questions. Et cette épée est liée à ta lignée. Je veux savoir ce qu'il se passe si tu la manies en ma présence. Est-ce qu'elle va exploser ? Est-ce que tu atteindras ton véritable potentiel ? Ramasse-la et voyons.

En l'absence d'autre solution, je fis ce qu'elle m'avait ordonné, espérant que sa prédiction soit vraie, même si elle avait des projets pour s'occuper de moi. Au moins, je mourrais en me battant.

Comme maman et papa étaient morts. Sur ce point, je pouvais au moins être comme eux.

Le manche était froid, comme si elle avait été dans un congélateur, mais elle semblait la même : une épée normale et ordinaire.

La Dévoreuse éclata de rire et mon cœur se serra. Je compris qu'il n'allait rien se passer, du moins pas à cause de l'épée.

Je devais retarder les choses, jauger davantage la salle, découvrir ce que je pouvais faire. Je continuai d'avancer, de plus en plus près, alors même que les gouttes de chair tombaient au sol en éclaboussant.

— À quoi bon comprendre...

Ma voix chevrotait et je m'arrêtai. Si elle était liquide, pouvais-je l'entailler ? Je repris la parole :

— À quoi bon comprendre quelque chose si vous ne faites que le détruire ?

Elle me regarda pour la première fois. Ses

yeux étaient comme des fenêtres ouvertes sur des trous noirs, d'où aucune vie ne pouvait s'échapper. Je ne m'étais jamais considérée comme une personne violente, mais à ce moment-là, j'éprouvai un puissant désir de faire tournoyer l'épée et de lui trancher la tête, car c'était une créature *mauvaise.*

— La destruction, la dissection, est nécessaire à la compréhension. Seulement ainsi la création peut commencer.

Je ne pus m'empêcher de refermer les doigts sur la garde de l'épée. Je devais la tuer. Je devais l'arrêter sur-le-champ.

— Qu'essayez-vous de créer ?

Elle rit, un son dur vibrant d'une amertume et d'une jalousie surprenantes.

— Je n'ai pas été chargée de la création. Ma mission est celle d'analyser, de disséquer les éléments dans leurs composants de base.

Sa voix devint froide et malveillante.

— La création ? C'est une tâche pour quelqu'un d'autre. Ce n'est pas ma destinée.

Je fis un pas sur l'estrade, puis un autre, jusqu'à me retrouver à un pas d'elle. Les gouttes de chair clapotaient sur le sol.

— N'êtes-vous pas responsable de votre propre destinée ?

Elle tendit le bras en arrière tout en parlant d'une voix calme, presque fraternelle.

— Ce n'est pas dans ma programmation. J'ai été l'esclave de mes créateurs depuis mon premier moment de conscience.

Une lumière vacilla derrière elle.

— Même si mes géniteurs n'existent plus, je suis encore liée à leurs désirs. L'analyse. L'étude. La dissection.

Je vis alors le corps de ma grand-mère, épinglé avec des aiguilles géantes sur une table inclinée, simple spécimen de dissection.

Un rugissement m'emplit les oreilles et je me rendis compte que j'étais en train de crier. Ses membres étaient séparés de son tronc, connectés à ce qui ressemblait à des millions de tubes aspirant son sang.

Notre sang est magique.

Les doigts de grand-mère tressaillirent.

Elle était encore en vie.

Une chaleur furieuse surgit en moi et je brandis mon épée devant la femme.

Elle luisait de ma rage.

La Dévoreuse me regarda, ses yeux remplis de néant.

— Cette épée, commença-t-elle.

J'endossai cette rage et bougeai à la vitesse des Shens, réalisant le mouvement de coupure-de-bambou le plus parfait que j'aie jamais exécuté.

Je l'entaillai profondément.

— Elle devient plus étrange chaque fois que je la vois, conclut-elle.

Elle pivota pour me regarder, la coupure sur son visage se ressoudant toute seule avec la fluidité de l'eau tandis qu'elle parlait.

— La première fois que j'ai vu cette épée, elle

avait l'énergie d'une étoile, liée plus étroitement que tout ce que j'avais vu dans ce monde.

Le désespoir me frappa en pleine poitrine. Mon épée, ma colère, mon pouvoir ne lui avaient rien fait. Absolument rien.

Elle me regarda.

— Et à présent, c'est juste une épée ordinaire. Enfin, une intermédiaire, je suppose, mais rien de plus. Comme c'est curieux. Où cette énergie est-elle allée ?

C'était vraiment sans espoir.

Il y eut un coassement. Je détournai le regard de la Dévoreuse.

Grand-mère était debout à mes côtés.

Elle se tourna vers moi. Elle n'avait pas de voix, mais je pouvais lire sur ses lèvres.

Tu n'as pas toujours besoin de la magie.

Elle savait pourquoi j'étais venue.

La mort dans l'âme, je plongeai l'épée dans son cœur, tuant la femme qui m'avait appris à vivre. J'aurais dû éprouver quelque chose. Mais tout ce qui existait n'était qu'une torpeur vide. Je croisai le regard sombre de la Dévoreuse, qui observait mes actes d'un œil froid.

— Tu ne peux jamais te libérer de tes origines. Ton avenir est défini avant même que tu sois créée.

Elle me sourit, le genre de sourire que je n'avais vu que sur des représentations de la Vierge Marie dans les églises.

— J'ai tué ta grand-mère. J'ai tué ta famille.

Dis-moi, Justice, comment le passé détermine-t-il *ton* avenir ?

Je me préparai pour l'attaque finale, prête à mourir en essayant de la détruire.

Des éclats de verre et de mortier explosèrent et tombèrent en pluie tandis qu'une énorme détonation emportait le toit.

Un gigantesque brasier de feu incandescent fut projeté dans la salle caverneuse, nous encerclant de flammes. Il était si lumineux que l'on eût dit un soleil miniature. Le feu dévorait tant d'oxygène dans la pièce que je pouvais à peine respirer. Je tombai à genoux, haletante.

Le feu atterrit entre la Dévoreuse et moi. Je me couvris les yeux, mais je voyais encore l'éclat à travers mes paumes.

Tout aussi soudainement, tout devint sombre.

Je pouvais respirer à nouveau.

J'ouvris les paupières.

Hunter était là, dos à moi, face à la Dévoreuse. Il était complètement nu, sous sa forme humaine.

CHAPITRE 13

Je détestai le soulagement qui m'envahit parce que Hunter était là. C'était égoïste, mais au fond, j'étais soulagée de ne pas mourir seule.

Je m'en voulais. Je m'en voulais de ne pas tenir suffisamment à lui pour vouloir qu'il vive.

La Dévoreuse demeura sur place, entourée d'une bulle scintillante.

— Les dragons. Vous êtes vraiment l'une des formes de vie les plus primitives de l'univers. C'est incroyable que vous ayez survécu aussi longtemps. Penses-tu que je n'ai pas été attaquée par le feu de dragon auparavant ?

Il y avait un léger sourire sur ses lèvres. Elle dit quelque dans une langue qui paraissait presque liquide, sa voix retentissant dans la salle.

Sans se retourner pour me regarder, Hunter lança :

— Fuis, Sophie !

Sa véhémence me fit faire un pas en arrière.

Mais elle leva les bras et je me précipitai vers lui.

Il se raidit lorsque je lui touchai l'épaule, mais il ne détourna pas le regard de la Dévoreuse, dont le visage était crispé et dont la bouche s'allongeait atrocement, au-delà de ce qui était humainement possible.

— Sors. Maintenant !

Un projectile blanc fusa vers nous.

Il enroula ses bras autour de moi et se retourna, me protégeant de l'impact.

Le froid me saisit, un froid intense et pénétrant, plus glacial que tout ce que j'avais connu, à tel point que c'était presque brûlant. C'était de la chaleur, pas vrai ?

Bon sang, elle était en train de nous congeler.

Le cœur de Hunter ralentissait, tout comme le mien. Je devais faire quelque chose, je devais l'aider, et cette température, ce froid… Était-ce du froid ou de la chaleur ? Ce devait être de la chaleur, pas vrai ?

La magie de Hunter étincela et crépita. Son feu, sa flamme interne diminuait.

Non. Non. Hors de question. Ce n'était pas ce qui était censé se passer. Encore quelque chose de grave. Une flamme de dragon n'était pas censée être ainsi, comme une bougie d'anniversaire vacillante, luttant pour rester allumée.

Un feu de dragon devait être un véritable

incendie, l'énergie de la création, de la vie et de la lumière, ce dont les étoiles étaient faites.

C'était grave, très grave.

Et cela ne pouvait pas être permis.

Non !

Par la magie, je plongeai en moi, loin, plus profondément, plus que jamais auparavant, au-delà des frontières que Grand-mère m'avait prévenue de ne jamais dépasser et qui, réalisai-je à ce moment-là, étaient son œuvre, si loin en moi-même que je me dépassai.

Jusqu'à ce que je me retrouve dans la magie de Hunter.

Quand j'ouvris les yeux, j'étais ailleurs, dans un autre espace hors de la réalité, hors du temps, où je pouvais le voir, ce ruban de Möbius qui me scellait à Hunter. J'étais debout d'un côté, et lui de l'autre.

Je tendis le bras vers lui, mais une curieuse boule de magie palpitante s'interposait entre nous.

C'était quelque chose qui avait toujours fait partie de moi, mais qui était caché.

C'était la magie de l'épée. J'y étais liée, d'une manière ou d'une autre. Et ils me l'avaient cachée.

Jusqu'à ce moment-là.

Je tendis le bras vers elle, la tenant dans ma main.

Une sensation, un amour accablant, un amour auquel j'avais aspiré toute ma vie.

Maman ? Papa ?

Je clignai des paupières et me retrouvai au moment exact où j'étais partie.

Je pris cette magie, la *poussant* à l'intérieur de Hunter.

Ses pouvoirs à l'agonie explosèrent à nouveau de vie, de feu et de chaleur.

J'ouvris la boule de magie et la déchaînai avec toute ma douleur, tous mes souvenirs, ma joie et mes regrets.

Hunter se retourna, les yeux plissés, ses flammes entourant la bulle de la Dévoreuse qui rapetissait.

Cette dernière éclata de rire. Elle tapa du pied, ce qui fit écho dans la salle – une, deux, trois fois.

Le sol se fendit.

La puanteur de sang et de chair l'emporta sur la fumée.

Derrière la silhouette de la Dévoreuse, une forme indistincte de chair liquide et rose ruisselante, parsemée de cheveux, d'yeux, de membres, d'organes et de cervelle monta en bouillonnant de la mare sous le sol.

— Tu n'es pas une Justice, dit-elle, le visage toujours serein. Qu'est-ce que tu es ?

Je fis un pas en avant vers l'imposant mur de chair.

— Je suis une enfant de la Terre. Je suis une Shen. C'est ma terre, celle de mes ancêtres. Et vous n'êtes pas la bienvenue ici.

La magie se déclencha avec mes mots, la magie profonde de la Terre, répondant à mon appel. Cette créature, cette immondice, ce mal devait être retiré de la planète.

— Tu travailles dans un musée, Sophie May. Oh oui, je sais qui tu es et où tu te cachais. Tu n'oserais pas détruire toute la connaissance que j'ai collectée au cours du millénaire. La connaissance qui n'existe nulle part ailleurs.

La gigantesque masse de chair, maintenant haute de deux étages, se transforma en une bouche béante. Un filament de chair attira la femme dans la masse, et bientôt, les deux bouches parlèrent comme si elles ne faisaient qu'une.

— Détruis-nous et tu rendras vaine la mort de ta grand-mère, de tes parents, de toutes ces civilisations que j'ai analysées. Toute la connaissance créée à partir de millions de sacrifices sera inutile, car elle périra avec moi.

— Ils perdureront, pas à cause de la façon dont ils sont morts. Mais grâce à la façon dont ils ont vécu.

La grande marée de chair frémissante darda sur nous des lances et des boules composées de ses particules.

Elles grésillèrent toutes, se transformant en cendres blanches contre le bouclier de feu.

La main de Hunter se referma autour de la mienne. Le feu de sa magie était plus chaud et plus intense que tout ce que j'avais ressenti auparavant.

Il posa un baiser sur ma main.

— Je serai prêt quand tu le seras, Sophie.

Je me retournai vers la masse de chair qu'était la Dévoreuse et joignis le pouvoir de Hunter.

Sa magie s'entremêla avec la mienne, créant une corde blanche enflammée de pouvoirs shen-dragons. Alimentée par sa magie, la mienne brûla, jaillit, plus lumineuse et plus chaude.

Je fusionnai tout cela dans une nouvelle étoile irradiante de magie mi-shen mi-dragonne et la fis tournoyer, la projetant tout en criant :

— *Vous. N'êtes. Pas. La. Bienvenue !*

La lumière, le feu et la chaleur sortirent en étincelant. La mare de chair bouillonna et crépita, laissant échapper une affreuse puanteur de détritus, de bacon et de chlore. Elle peinait à maintenir sa forme.

Mais elle ne faisait pas le poids contre nous.

Ce n'était pas seulement moi, ce n'était pas seulement lui.

C'étaient nous deux, Hunter et moi, ensemble, dans la chaleur, la lumière, le feu.

J'ignore combien de temps nous étions restés là, ensemble, mais lorsque nous nous arrêtâmes, les premiers rayons du jour perçaient dans le ciel violet et rose.

Des tas de cendres grises nous entouraient. Sur plus d'un demi-hectare, nous ne vîmes rien d'autre que des cendres, mais au-delà, il y avait des lisières d'arbres calcinés et des murs fumants. J'avais senti la magie de Hunter entrelacée avec la mienne, donnant forme au feu, doublant sa fureur jusqu'à ce que la pression ait entamé le marbre sous mes pieds.

J'étais debout, entièrement nue – mes vêtements ayant été balayés par le feu magique –, ma main dans celle de Hunter.

Ma bouche était aussi sèche que le reste de mon corps était engourdi.

— Est-ce qu'on a vraiment réussi ? A-t-elle vraiment disparu ?

Hunter me lâcha la main et sortit du cercle. De petits nuages de cendres s'élevèrent derrière lui, dans le sillage de ses pas.

Je le suivis, les cendres chaudes et douces sous mes pieds. Le soleil commençait à se lever, et en dépit du feu qui avait fondu la pierre sous nos pieds, le reste de l'île était en grande partie indemne.

Je le suivis jusqu'au bord de la falaise, d'où j'aperçus les épaves flottantes de quelques bateaux.

Et sur la plage, deux dragons noirs, chacun aussi grand qu'un petit avion, étaient allongés. L'un d'eux était sur le flanc, une aile en moins et la queue sectionnée, ses grandes pattes griffues dans les vagues, de la vapeur s'élevant par endroits, là où l'eau heurtait ses écailles.

L'autre dragon, en dépit de son aile chiffonnée comme un éventail en papier et de ses avant-bras clairement brisés, était recroquevillé de manière presque protectrice autour de la

silhouette minuscule de Lana, roulée en boule,
qui se balançait d'avant en arrière.

Hunter ferma les yeux et expira, une trace de
fumée blanche s'échappant de ses lèvres.

— Ils sont tous en vie.

Je savais que je devrais ressentir quelque
chose. Après tout, nous avions vaincu la Dévoreuse, le monstre de ma vie, de mon enfance, de
mes cauchemars. Au lieu de cela, je ne pouvais
penser qu'au corps de ma grand-mère qui s'était
raidi en réaction lorsque j'avais plongé l'épée
dans son cœur.

Elle était morte.

Et ils étaient en vie.

Je me détestais tant. J'aurais dû être heureuse
qu'ils soient en vie, mais je ne pouvais pas
m'empêcher de les détester. Grand-mère, *ma*
grand-mère aimante, à la fois incroyable et un
peu exaspérante, qui s'était toujours efforcée de
me protéger, était morte.

Je tombai à genoux et hurlai quand des
nuages de cendres s'élevèrent autour de moi,
tourbillonnants, aveuglants, brûlants. Une
forme gigantesque se dressa : un renard tout en
cendres.

— Grand-mère ?

Je serai toujours avec toi.

Le renard disparut.

Je clignai des paupières et retrouvai la
scène devant moi, exactement la même
qu'avant.

Je fermai les yeux et me couvris le visage.

Les bras de Hunter s'enroulèrent autour de moi.

— Nous avons réussi, dit-il doucement.

Je le poussai aussi violemment que possible, et constatant que cela ne le faisait pas céder, je le frappai sur le torse en m'égosillant :

— À quoi bon si la Dévoreuse peut faire des copies d'elle-même ? À quoi bon si je suis la dernière de ma lignée ? Ma grand-mère est morte et j'ai dû la tuer ! Je n'ai même pas pu lui dire…

J'éclatai en sanglots. S'il ne m'avait pas soutenue, je serais tombée à genoux.

Il me tint dans ses bras jusqu'à ce que mes larmes s'estompent, réduites à un gémissement exténué.

— Tu ne seras pas seule. Tu ne seras jamais seule. Je serai avec toi.

J'essuyai les larmes de mes yeux. Avec une grande inspiration tremblante, j'essayai de parler, usant d'une légèreté que je ne ressentais pas.

— Tu essayes encore de t'assurer de pouvoir me « sceller », hein ?

— Je m'en fiche.

Il inclina mon menton pour me regarder. Même à travers ma vue larmoyante et floue, son regard me saisit.

— Scellement ou pas, magie ou pas, Shen ou pas, rien de tout cela n'a d'importance. Je tiens à toi, Sophie.

Je reniflai.

— Ce serait beaucoup plus convaincant si on ne venait pas de faire exploser par magie notre ennemie. Ensemble.

Sa bouche esquissa un sourire.

— Tu sais que je n'ai pas le sens du timing ? Comme maintenant, par exemple. Parce que figure-toi que je vais te demander de m'épouser.

Je m'essuyai les yeux. Cette fois, c'étaient les cendres qui me faisaient larmoyer – juré !

— Ne sommes-nous pas déjà fiancés ?

— Je veux t'entendre le dire.

Il se mit à genoux, me tenant la main.

— Sophie du peuple shen, veux-tu m'épouser ?

Ce vide qui avait semblé si froid, tout au fond de moi, commença à se réchauffer à une vitesse inouïe.

— C'est vrai, ton timing est absolument terrible.

Il me serra la main.

— Je te le demande maintenant, car je ne sais pas de quoi l'avenir sera fait. Je ne sais pas combien de temps nous vivrons. Tout ce que je sais, c'est qu'à partir de maintenant, je veux en être certain, je veux t'entendre dire que tu es à moi et que je suis à toi.

À ces mots, une clarté s'ouvrit en moi.

Je pris mon pouvoir, toujours entrelacé avec le sien, et répondis avec le poids de la magie.

— Oui, Hunter des Seigneurs Dragons, je veux t'épouser.

Une rafale de vent souffla, l'air charriant le parfum du jasmin.

De petites fleurs roses et blanches commencèrent à pleuvoir du ciel.

Hunter tendit la main et attrapa une fleur avec un sourire fasciné.

— C'est un truc de Shen ? Est-ce que les fleurs tombent automatiquement du ciel quand on accepte une proposition de mariage ?

Je secouai la tête, envahie par un sentiment de paix tandis que le symbole invisible de Grand-mère picotait pour ce qui serait, je le savais, la dernière fois.

— Non, dis-je tout bas. C'est elle qui approuve.

ÉPILOGUE

TROIS MOIS PLUS TARD

— ALORS, QU'EST-CE QUE JE SUIS, EXACTEMENT ? demandai-je tandis que Lana boutonnait le dos de ma robe.

Elle était d'une couleur bleue et dorée chatoyante, celle de la mer de Chine méridionale, où ma mère était née. Pour les Shens, le blanc était la couleur de la mort, et par conséquent, il était complètement inapproprié pour les nouveaux départs.

Je jetai un coup d'œil à mon reflet dans le miroir et détournai le regard. Me voir dans cette robe, à ce moment-là, me terrifiait pour une raison quelconque.

— Tu es ce que tu as toujours été, me dit Chloé dans le coin en prenant une photo.

Elle posa l'appareil et avança vers moi. Ce n'était pas que je n'avais pas de pouvoirs magiques ; j'en avais, mais apparemment, ils ne fonctionnaient qu'avec l'aide de Hunter. Le fait que je doive consulter une sorcière humaine pour savoir exactement comment nous avions vaincu la Dévoreuse était le signe soit de la raréfaction des Shens, soit du nombre de Shens qui continuaient de me fuir. Pourtant, même elle ne pouvait pas m'en dire beaucoup plus.

— Honnêtement, je n'en suis pas sûre. Tu es une Shen. Le problème avec les Shens et leurs pouvoirs, c'est qu'ils défient toujours les définitions. Les Shens sont imprévisibles par leurs formes, leurs esprits et leurs capacités. C'est pourquoi les humains n'ont jamais soupçonné que les démons, les dieux et tous les esprits qu'ils ne comprenaient pas soient en réalité une seule et même espèce.

— Nous sommes les plus anciens et nous ne faisons qu'un, me murmurai-je à moi-même, me remémorant les leçons de Grand-mère et essayant de me concentrer sur les mots de Chloé.

C'était mieux que de penser à ce qui était sur le point d'arriver. Pourquoi avais-je aussi peur ? Je le voulais, pas vrai ?

— Il y a un élément de rééquilibrage dans tes pouvoirs qui est similaire à ceux des Justices dont les dragons parlent. Mais souviens-toi, tu n'es pas une dragonne, tout comme ils ne sont pas des Shens.

Je posai ma main sur mon ventre. J'y avais toujours eu un léger renflement, et à présent, il était… légèrement plus prononcé.

— Un enfant d'héritage dragon et shen sera la protection absolue contre la Dévoreuse.

Je fermai les yeux un moment et avalai pour chasser le nœud dans ma gorge. L'idée que quelque chose se soit échappé me semblait impossible et me laissait un goût amer dans la bouche. Des semaines s'étaient écoulées depuis que nous avions brûlé cet endroit – à tel point qu'il avait plu des cendres sur toute l'île et celles aux alentours pendant des jours. Je faisais encore des cauchemars, dont je savais que je ne me libérerais jamais.

Contrairement à ce que d'autres Shens et moi pensions, la Dévoreuse avait été vaincue d'autres manières, à d'autres moments. Les dragons n'étaient pas seulement venus se cacher sur Terre. Ils l'avaient combattue au fil des siècles.

Mais elle était toujours revenue. C'était la nature du monstre et des nombreuses copies qu'elle faisait d'elle-même. Je jetai un œil par la fenêtre. Impossible de savoir si une autre version de la Dévoreuse ne nous attaquerait pas d'un instant à l'autre.

Mais je ne laisserais pas la peur définir ma vie, plus maintenant.

Il y avait une pulsation de chaleur étrange et plutôt agréable dans mon ventre. Probablement un truc de dragon, mais je me promis de me renseigner une fois que la nouvelle serait annoncée.

Quelqu'un frappa à la porte.

Hunter entra, portant un smoking, et me prit dans ses bras, me faisant tournoyer. D'un coup, toute ma tension et toutes mes peurs disparurent. Je criai son nom avec joie, souriant comme une idiote.

— Attends, dit Lana, tu n'es pas censé voir la mariée.

— C'est une tradition humaine, rétorqua Hunter.

— C'est aussi une tradition shen, précisai-je en lui serrant la main.

Quoi qu'il en soit, sa présence était exactement ce dont j'avais besoin pour me rappeler ce qui comptait plus que tout.

Nous.

— C'est une bonne chose que je ne sois pas un Shen. Les dragons sont immunisés contre la malchance. Nous sommes comme les lutins.

J'émis un petit rire.

— Ne dis pas ça à mon oncle Mike. Il essaiera de te dérober ton trésor.

Hunter plissa les yeux. Il n'avait pas voulu inviter ma famille shen, étant donné la façon dont la plupart d'entre eux avaient fui Grand-mère et l'être non magique que j'étais. Maintenant que mes pouvoirs magiques avaient été révélés, eh bien, c'était une tout autre histoire et ils m'avaient acceptée comme si je n'avais jamais été un paria. Sans parler du mariage entre une Shen et un dragon. Apparemment, c'était quelque chose de nouveau et d'unique qui ne pouvait pas être manqué. J'avais invité ma famille shen éloignée, non parce que je voulais qu'ils soient présents, mais parce que Grand-mère l'aurait voulu.

Nous aurions besoin d'alliés.

— Mon trésor est juste là, dit-il en me regardant.

Des bulles de joie ridicules pétillèrent en moi.

Lana souleva un cadeau gigantesque avec un nœud rose à pois et le lui jeta.

— Tiens, prends ça et rends-toi utile.

Hunter le prit dans une main, la dévisageant d'un œil perplexe.

— Pourquoi est-ce que tu me donnes ça maintenant ?

— Parce qu'il faut que tu ailles le mettre sur la table des cadeaux et, plus important encore, j'ai besoin que tu sortes d'ici pour en finir avec les boutons.

Hunter laissa échapper un soupir exagéré.

— S'il le faut.

— Si j'avais su qu'un dragon pouvait être vaincu aussi facilement par un robot ménager, j'aurais appris à cuisiner il y a longtemps, dit Chloé.

Hunter fronça les sourcils aux paroles de Chloé, des mots qui passeraient pour une blague de la part de n'importe qui d'autre. Mais mon amie avait un passé avec les dragons, un passé qui n'était pas facile à surmonter, aussi forte que soit notre affection mutuelle.

La tête blonde de Lucas apparut. Il y avait

quelque chose chez lui qui semblait plus dange-
reux, plus grave. Sa crinière autrefois longue
avait été coupée court.

— Je me disais bien que je te trouverais ici,
dit-il à Hunter. La princesse a des questions.
Elle veut savoir si tu t'attends vraiment à ce
qu'elle retire ses chaussures pour officier pieds
nus, dit Lucas, les yeux sur Chloé et moi, évitant
soigneusement le regard de Lana.

Hunter me jeta un coup d'œil. La princesse
était le plus ancien des dragons venus sur Terre,
et même si son royaume avait disparu depuis
longtemps, les dragons se référaient encore à
elle par le titre avec lequel elle était née.

— C'est une tradition shen. Et nous sommes
sur les terres de ma grand-mère.

Hunter m'embrassa sur le front.

— Je vais lui parler. On se voit bientôt.

Puis, il m'embrassa encore.

Et encore.

Jusqu'à ce que Lucas l'entraîne en riant.

Lana ferma la porte lorsqu'ils s'en allèrent et
y resta agrippée, lâchant un soupir de soulagement. Il s'était passé quelque chose entre elle et
Lucas.

À présent, ils se parlaient à peine et ils refu-
saient de se regarder. Avoir l'esprit contrôlé par
une intelligence alien et être forcés à s'entre-
tuer, cela devait rendre les choses un peu incon-
fortables pendant un moment. Hunter était sûr
qu'ils le surmonteraient, étant donné leur
histoire commune.

Chloé me serra dans ses bras tandis que des larmes emplissaient ses yeux sombres.

— Ta grand-mère aurait été fière de toi.

En dépit de son apparence, qui lui donnait l'air d'avoir un peu moins de trente ans, Chloé était l'un des mages les plus anciens de ce monde. Les Shens et les mages humains étaient historiquement comme l'huile et le feu, mais l'amitié entre Grand-mère et Chloé remontait à des siècles. Elle s'en voulait encore de ne pas avoir été là pour m'aider quand j'avais eu des ennuis. Il faut dire qu'elle était rarement dans les parages, toujours en train d'entreprendre une quête ou une mission magique.

— Je me fiche de ce que les dragons pensent. Tu es la plus vieille amie que j'ai ici. Tu as aidé Grand-mère à négocier ces fiançailles.

Elle pinça les lèvres en une fine ligne, encore très méfiante envers les dragons.

— C'est vrai, hein ? Je ne l'aurais pas fait si j'avais vraiment su ce qui allait se passer.

Elle écarta un cheveu imaginaire de mes yeux.

— Mais si c'est ce que tu veux…

Lana prit la parole.

— C'est ta journée. Tu devrais avoir qui tu veux à tes côtés. Si ça ne leur plaît pas, ils peuvent aller se faire foutre.

Dire que Lana avait été changée par les épreuves qu'elle avait traversées était un euphémisme. Elle ne gardait aucune séquelle de la magie de la Dévoreuse, mais au cours des premières semaines, elle avait apparemment passé des heures le regard fixe, à essayer de tuer tous les dragons qu'elle voyait.

Avec l'aide de Chloé, elle allait mieux. Je n'étais pas certaine que mon mariage aux nombreux invités dragons et shens soit l'endroit idéal pour que Chloé mette à l'épreuve le self-control de Lana, mais mon amie avait dit qu'il valait mieux découvrir s'il restait une trace de l'influence de la Dévoreuse en elle dès à présent.

— Autrement, nous pourrions nous réveiller un jour et découvrir qu'elle a massacré un tas d'innocents parce qu'elle a senti quelque chose qui n'était pas humain. Nous devons surcharger ses circuits et sa sensibilité, pour ainsi dire, avait-elle expliqué.

Et Lana avait survécu à la répétition du mariage de la veille. Apparemment, c'était suffisant pour elle.

— Tu es sûre que tu ne vas pas rester après la cérémonie ?

— Non, dit Lana, les poings crispés. Il vaut mieux que je parte.

Elle me serra dans ses bras.

— Je te souhaite le meilleur. Et je veux que tu me rendes visite. Mais je… je teste encore mes limites.

Elle connaissait ses limites. Peu de gens les connaissaient. Je respectais cela.

Lana termina de boutonner ma robe, puis me tourna vers le miroir.

— Voilà, dit-elle. Même si tu assures le

contraire, tu ressembles à une fée princesse, enfin, une fée de New York.

J'avais décidé qu'il n'y aurait pas de kimono, pas de robe de gala, pas de corset ni de parures anciennes. Je voulais quelque chose de moderne et de neuf, libre du poids de la tradition, que ce soit du côté des Shens ou des dragons. Mes cheveux bouclés avaient été domptés, formant de jolies vagues. La robe moulait mes épaules avec un pan doré qui traversait un côté du bustier de manière asymétrique, comme une étole. En dessous, il y avait de fines couches d'argent qui semblaient flotter quand je marchais. Le reste du tissu bleu chatoyant épousait les courbes de ma taille, me donnant une silhouette de sablier dont je n'avais pas conscience.

Pour une fois, je ressemblais bien à la petite-fille de ma grand-mère.

Je sortis de ma chambre et entrai dans la pièce principale du chalet reconstruit de ma grand-mère.

Les murs et les sols semblaient identiques, jusqu'au nœud aux faux airs de chien difforme dans le bois du parquet, mais le mobilier était différent.

Je m'arrêtai devant quelque chose que je ne m'étais pas attendue à voir.

C'était le parchemin qui, autrefois, était accroché à la porte d'entrée, celui de mon arbre généalogique avec tous les noms de ceux qui

étaient morts avant moi, mes parents tout
en bas.

À présent, le nom de ma grand-mère –
enfin, de mon arrière-arrière-arrière-arrière-
grand-mère – figurait au bout d'une branche.

Les larmes me montèrent aux yeux.

— Hunter a fait ça pour toi, dit doucement
Chloé.

— Mais comment a-t-il…

— Je l'ai aidé, dit-elle à voix basse.

Elle cligna des yeux, sortit un mouchoir de
nulle part comme une magicienne et s'approcha
de mon visage.

— Voyons, voyons, ne bouge pas et laisse-
moi sécher ces larmes avant qu'elles ne gâchent
tout ton maquillage.

Peu après, je sortis du chalet sur la pelouse,
la même où Hunter et moi avions repoussé les
requins-loups. Une allée de marguerites séparait deux groupements de sièges, sur lesquels
étaient assis des figures de légendes, les Shens
d'un côté, les dragons de l'autre. Grand-Tante
Titania renifla tandis qu'un homme absolument
séduisant, aux muscles de la taille d'une boule
de bowling, lui tendait un mouchoir délicat en
dentelle blanche, tiré du sac à main Valentino
rose sur ses genoux.

Des nuages d'un gris annonciateur de neige
flottaient dans le ciel, mais il faisait relative-
ment chaud sous la bulle surmontant les terres
de ma grand-mère. Les arômes de jeunes oran-

gers et de fleurs de jasmin égayaient l'atmosphère.

Je savais que je devrais tout assimiler, mémoriser plus de détails de ce moment. Mais je n'avais d'yeux que pour Hunter, qui me fixait du regard comme s'il ne m'avait jamais vue auparavant. À côté de lui se trouvait Daniel. Il tendit le bras vers Hunter et lui referma discrètement la bouche.

À côté de lui, une grande femme aux yeux dorés attendait. Elle avait un air intemporel, éternel, entre la fin de la quarantaine et le début de la soixantaine en années humaines, même si elle était peut-être plus ancienne que la race humaine elle-même. Une fine cicatrice blanche lui traversait le visage. C'était l'aînée des dragons, qui avait survécu à la traversée jusqu'à notre monde.

Et elle se tenait pieds nus dans l'herbe.

Bon sang... j'allais vraiment me marier.

Le chemin de marguerites était frais sous mes propres pieds nus.

Oh, c'était probablement pour cela que les Shens avaient adopté cette tradition, pieds nus, en plein air, en connexion avec la Terre. C'était aussi plus difficile de trébucher et de passer pour une imbécile.

Bientôt, avec tous les regards des Shens et des dragons rivés sur moi, j'atteignis l'autel.

La princesse souhaita la bienvenue à l'assemblée, d'abord en draconique puis en anglais, même si pour respecter la tradition, elle aurait dû le faire en shen – je ne l'avais jamais bien parlé non plus. Des mots de réconciliation et d'amour furent prononcés, mais avec l'étreinte de sa main sur la mienne, tout me sembla flou.

Je ne pouvais voir que Hunter, le dragon, l'homme qui était mon feu.

— Je te prends, Sophie du peuple shen, en tant que partenaire, épouse et amour, à mes côtés pour tous les jours à venir.

— Je te prends, Hunter du peuple dragon, en tant que partenaire, époux et amour, à mes côtés pour tous les jours à venir.

Je me perdis dans son regard jusqu'à entendre la princesse toussoter.

— N'est-ce pas la tradition, ici sur Terre, qu'il y ait un baiser ?

— Ton mari ne va pas attendre pour toujours ! me parvint la voix de Grand-Tante Titania par-dessus la foule.

Des sifflets fusèrent dans l'assistance, ainsi que des acclamations, et une vague assourdissante d'applaudissements nous submergea tandis qu'une pluie chatoyante tombait du ciel soudain dégagé.

— De la pluie de renard, commenta Hunter en levant la tête en direction de la douce bénédiction.

Je m'approchai et passai mes bras autour de lui.

— Trop tard pour faire marche arrière maintenant, Dragon.

À son tour, il enroula ses bras autour de moi.

— Je ne partirai jamais. Je t'aime, Sophie.

Ma gorge fut soudain trop nouée pour parler. Je ne pouvais que sourire, mais je savais que Hunter comprenait. Il m'embrassa, et le reste du monde commença à s'estomper jusqu'à ce qu'un murmure se fasse entendre :

— Est-ce que je peux remettre mes chaussures maintenant ?

Hunter essaya de garder son sérieux, mais il perdit le contrôle et j'éclatai de rire.

Nous nous serrâmes dans les bras tout en nous embrassant, puis nous fîmes signe à la foule de Shens et de dragons réunis. Et en dessous de mon cœur, notre enfant irradiait d'amour et de feu.

***

Cher lecteur,

Merci d'avoir lu le premier tome de ma série *Les Dragons Amoureux* !

Le prochain tome *La Tentation du dragon* vous attend déjà !

Je m'appelle Lana Rodriguez et j'en ai fini avec les dragons.

Surtout mon ami d'enfance, Lucas Randall, dragon métamorphe milliardaire qui prétend que je suis faite pour lui.

Mais je ne suis plus la fille de sa gouvernante. Aucun Randall ne dictera ma vie désormais.

Malgré son mètre quatre-vingts de muscles

délicieusement sculptés et son regard qui semble me dire : Je te connais, Lana.

Malgré ses caresses brûlantes qui me laissent entrevoir un avenir que je n'aurai pourtant jamais.

Malgré tout mon corps qui désire seulement lui dire oui, oui, OUI.

Je dénie tout cela.

Même si chaque atome de mon corps tourmenté rêve de lui.

J'ai des secrets qu'il ne doit jamais apprendre.

M'unir au dragon reviendrait à le condamner à mort.

Lucas ne sait pas qui je suis. Mais il va vite l'apprendre s'il reste plus longtemps avec moi.

Je ne le permettrai pas.

Parce que je suis un monstre, moi aussi.

Sur la page suivante, vous trouverez un extrait de *La Tentation du dragon* (*Les Dragons amoureux, tome 2*)!

Ou cliquez ici pour télécharger *La Tentation du dragon sur Amazon dès maintenant* !

LA TENTATION DU DRAGON - EXTRAIT

Chapitre 1

Je tournai la bague en argent bon marché autour de mon doigt, celle que Val m'avait offerte si longtemps auparavant. Elle avait disparu et je devais la retrouver.

L'interphone sonna, et sur mon application mobile connectée, une image apparut. Je sentis mon estomac se contracter en découvrant le dernier homme que je m'attendais à voir.

Il dardait sur moi ses yeux bleus. J'avais un faible pour eux à l'adolescence et j'avais tenté de les oublier à l'âge adulte. À présent, ils tourmentaient encore mes rêves.

— Je sais que tu es là, Lana. Ouvre.

Trois mois plus tôt, j'avais essayé de poignarder ces yeux bleus avec une dague magique. Pour être honnête, il avait cherché à me décapiter. À l'époque, nous étions tous les deux sous le contrôle d'un monstre venu d'un autre monde. Ce n'était pas vraiment la raison pour laquelle je l'évitais, mais j'avais l'intention d'utiliser toutes les excuses possibles.

J'appuyai sur le bouton vert de l'écran de mon téléphone, lui permettant d'entrer.

Je n'avais que quelques instants avant que l'ascenseur n'arrive à mon étage. Poussant mes chaussures à talons de douze centimètres sous le canapé d'un coup de pied, j'agrippai mon peignoir et l'enfilai par-dessus ma robe dorée et moulante. Puis, je fis un arrêt rapide dans la salle de bains pour effacer mon rouge à lèvres tout en passant les doigts dans mes cheveux.

Un coup retentit à la porte. Avec une grande inspiration, j'allai ouvrir.

On pourrait croire qu'en le connaissant depuis qu'il était un petit garçon potelé de huit ans, je serais immunisée contre son charme.

Mais il s'agissait de la version adulte de Lucas Randall, le gosse de riche. C'était une vision imposante de perfection masculine agressivement musclée, dans le genre « ne me cherche pas ». Ses épaules volumineuses mena-çaient de faire exploser les manches courtes du T-shirt gris à l'effigie d'Einstein qu'il portait.

Ses yeux bleus comme des lasers étaient rivés sur moi et je me rendis compte trop tard que j'avais encore du fard à paupières et du mascara sur le visage.

Merde. Tant pis, je n'avais pas d'autre choix que de continuer en espérant qu'il ne le remarque pas.

Il se pencha en avant, occupant presque toute la place dans l'encadrement de la porte, son écran de téléphone vers moi.

C'était une photographie que j'avais postée sur SparkMe, une application de rencontres pour des aventures d'un soir. Enfin, ce n'était qu'une partie de moi, un corps sans visage, mais il y avait cette marque de naissance révélatrice en forme d'étoile sur ma hanche.

Ses narines se dilatèrent. Les pupilles sombres, il demanda :

— Est-ce que tu sollicites des relations sexuelles anonymes à des inconnus ?

Un millier de réponses potentielles me vinrent à l'esprit, notamment celle où je lui demandais ce qu'il fichait à passer en revue des photos sur une appli de rencontres sans lendemain. Mais je n'avais aucun droit sur lui, ni lui sur moi. J'optai pour le mépris et le dédain, même si mon cœur palpitait dans ma poitrine. Je croisai les bras, refermant les pans de mon peignoir.

— Après tant de mois, c'est ce que tu viens me demander ? Au cas où tu l'aurais oublié, je n'ai pas à me justifier auprès de toi.

Une flamme dorée vacilla dans ses yeux. Si je ne connaissais pas sa véritable nature, j'aurais cru qu'il s'agissait d'un effet de lumière.

Mais je connaissais son secret.

Je ne pouvais pas le laisser découvrir le mien.

Il se pencha davantage dans l'embrasure, et grâce à mes sens accrus, je pus le sentir, sa douceur fumée et ce musc. Ses mots étaient rauques lorsqu'il me dit :

— Tu empestes le parfum. Tes yeux sont maquillés. Tes ongles sont vernis. Dis-moi que tu n'es pas en train de faire ce que je pense que tu es en train de faire.

J'avais presque envie de reculer d'un pas face à cette intrusion de mon espace, mais je tins bon. Je pouvais l'arrêter. J'en avais le pouvoir à présent.

Mais s'il savait ce que je pouvais faire, cela soulèverait des questions auxquelles je n'avais ni le temps ni l'envie de répondre.

— Tu remarqueras que je ne te demande pas ce que tu fais sur SparkMe. Parce que ça ne me concerne pas. Tout comme ma vie ne te concerne pas. Je ne suis pas ton employée, Lucas.

Il avança à nouveau, essayant de m'intimider pour que j'obtempère.

Je ressentis une étrange exaspération mâtinée de regret. Un Randall comme les autres. Certaines choses ne changeaient jamais. Ma mère avait été sa nourrice et sa femme de ménage. Nous avions grandi ensemble, d'une curieuse manière. Un jour, j'avais cru que nous étions amis, mais en y repensant, avec la distance et la maturité de l'âge adulte, je me rendais compte que j'avais simplement été... bien pratique.

Une veine épaisse apparut en relief sur son cou. Il bouillait d'une intensité bestiale, prêt à abandonner son apparence humaine.

— Je n'ai jamais pensé que tu l'étais. Je veux juste savoir une chose : pourquoi ?

Il y avait un million de raisons. Parce que j'en avais envie. Parce que je n'avais rien d'autre, maintenant que j'avais perdu mon travail. Parce qu'il y avait quelque chose de bizarre et étrange en moi qui appréciait ce jeu de poursuite. Parce que j'avais une promesse à tenir.

Je ne lui devais aucune de ces justifications.

Alors, j'utilisai l'arme la plus puissante à ma disposition : la culpabilité.

J'avançai pour lui claquer la porte au nez.

— Va-t'en, Lucas. Tu m'as presque tuée la dernière fois. Je suis au chômage maintenant, à cause de ce que j'ai fait pour toi et tes amis. J'en ai assez des dragons, de la magie, des fées princesses et des monstres immortels. Laisse-moi tranquille dans ma vie humaine normale.

Cet assaut fonctionna mieux que je ne l'avais espéré. Mes mots étaient comme de l'eau sur sa rage, faisant fondre sa colère en une expression de marbre. À ma grande surprise, il me laissa fermer la porte.

Je tirai le verrou, tournai la clé dans la serrure et m'adossai contre la porte. Le panneau de bois n'arrêterait rien du tout si Lucas avait vraiment l'intention d'insister sur la question. Il pouvait le briser d'un seul éternuement.

Je tendis l'oreille pour essayer de percevoir des pas, et je l'entendis s'éloigner. Une nouvelle vérification de l'application de sécurité sur mon téléphone me révéla qu'il était en train de sortir de l'immeuble.

Cela avait été plus facile que je ne le pensais. Était-ce un effet résiduel de l'armure ?

Retroussant l'une des manches de mon peignoir, je regardai ma peau lisse et mate. Je me concentrai et ma peau commença à me gratter. Puis des écailles noires ondulèrent.

Je les fixai du regard. Elles étaient brillantes, presque métalliques.

Autrefois, elles m'horrifiaient.

À présent, elles faisaient partie de moi, elles devaient être acceptées comme ma peau brune, mes cheveux bouclés et mes fesses bien plus rondes que je ne le voudrais.

Quelques mois plus tôt, j'avais accepté l'aide de certains amis d'enfance. Tout comme Lucas, ils étaient également des dragons – en réalité, c'étaient ses cousins –, mais contrairement à lui, ils avaient essayé de garder le contact avec moi. Nous avions aimé et commenté les publications les uns des autres sur les réseaux sociaux. Parfois, nous avions même discuté de choses diverses comme la nature violente et tendre de l'humanité, des chats désopilants et du meilleur fertilisant biologique pour les plantes en pot.

J'étais encore certaine que Daniel utilisait la magie pour ses tomates cerises.

Nous avions pourchassé un monstre extra-terrestre ensemble. Mais celui-ci nous avait capturés, contrôlant nos esprits et nous forçant à nous battre les uns contre les autres.

Le monstre m'avait également inoculé quelque chose de force, un pouvoir qui m'avait donné d'étranges capacités surhumaines.

Cependant, Chloé, la sorcière, avait dit que j'étais libre de toute magie.

Les écailles le long de mon bras ondulèrent, répondant à ma pensée sur la Dévoreuse avec une haine viscérale qui semblait plus solide que le sol sur lequel je me tenais debout.

C'était cette haine, curieusement, qui me donnait une impression de sécurité à l'idée de la laisser vivre en moi.

D'après les images qu'elle m'avait montrées, voilà ce que je savais : il s'agissait d'une forme de vie symbiotique qui avait été alliée des dragons dans leur ancien monde. Elle se souvenait d'avoir été déployée contre la Dévoreuse quand les dragons fuyaient en direction de la Terre. Le porteur originel de l'armure était un vieux guerrier grisonnant et barbu dont l'arme favorite était une hache plus grande que ma table basse. Il était mort lorsque la Dévoreuse avait détruit leur monde d'origine. D'une manière ou d'une autre, l'armure avait survécu.

Je n'avais pas réussi à en apprendre beaucoup plus. Elle s'exprimait principalement en sentiments, comme la rage ou la faim.

C'était la soif de sang qui était la plus troublante.

Peut-être qu'un jour, je devrais montrer à quelqu'un ce qui m'était arrivé.

Mais pas maintenant. Pas alors que Val avait des ennuis.

Je relâchai mon bras et la manche retomba, recouvrant mes écailles.

Je pouvais être maudite, toujours est-il que j'avais besoin de la magie du monstre.

Je devais pourchasser un tueur en série et sauver mon amie.

～

LA FILE d'attente devant la discothèque allait de la porte jusqu'au coin de la rue. Tandis que je m'approchais, juchée sur mes talons dorés de dix centimètres de haut, la musique se fit entendre à l'extérieur. Une voix de rappeur scandait entre les rythmes de basse : « Damn, girl. You got it, girl; you got it, girl. »

Ce n'était pas comme si je n'avais pas d'expérience dans la traque aux criminels. J'avais travaillé pour le FBI, après tout. Pas en tant qu'agent, mais derrière les écrans, les tableaux blancs et les portes fermées. J'étais l'une des nombreuses analystes de données contractuelles que le bureau employait jusqu'à ce que les coupes budgétaires ferment mon département.

Le fait que Daniel remette ma lettre de démission quand j'étais dans un coma traumatique n'avait pas non plus aidé ma situation professionnelle.

Un souvenir indésirable me prit au dépourvu. Lucas en sang, qui criait mon nom tandis que je projetais une épée vers sa tête.

Je fermai les yeux en me giflant au visage, comme si je pouvais le faire disparaître physiquement.

Les écailles sous ma peau me grattaient, furieuses envers l'ennemi qui avait tué leur ancien porteur. Je me recentrai sur moi-même, dans le présent, et ouvris les paupières.

« Damn, girl. You got it, girl; you got it, girl. »

J'avançai vers Jamal, le videur posté à l'entrée. C'était un homme grand, noir et chauve, qui ressemblait à un monolithe, debout, les bras croisés et le regard sérieux.

— Salut, dis-je avec un léger sourire. Est-ce qu'il y a de la place à l'intérieur pour moi ?

Jamal décrocha la corde de velours. J'avais aidé sa petite amie à sortir d'une situation délicate avec des policiers corrompus, peu de temps auparavant.

— Pour toi ? Toujours.

Ignorant les regards froids et jaloux des autres personnes dans la file, je franchis le seuil pour

entrer dans une pièce où les stroboscopes cligno-
taient frénétiquement. À l'intérieur, le rythme
lourd des basses résonnait jusque dans mes os.

« Damn, girl. You got it, girl; you got it,
girl. »

Je n'étais pas vraiment du genre à aller en
discothèque, mais j'étais là parce que c'était le
dernier endroit où Val avait été vue. Nous
avions pris des chemins différents, toutes les
deux, mais autrefois, nous étions les deux seules
filles de couleur à l'école primaire d'Oakwood.
À la maternelle, elle s'était battue avec Tommy
Warner, le fils du maire, quand il avait délibérément cassé mes lunettes en me disant de
retourner dans mon pays.

J'aurais voulu pouvoir dire qu'elle était ma
meilleure amie depuis ce jour-là.

Mais ce n'est pas comme ça que les choses
s'étaient passées.

« Damn, girl. You got it, girl; you got it,
girl. »

Un type avec une casquette de baseball à
l'envers s'approcha de moi, un verre de bière
débordant à la main. Il se planta devant moi et
cria :

— Est-ce que tu t'appelles Wi-Fi ? Parce que
je sens une connexion !

Je me retournai, mais il agrippa mon sein
gauche et le serra. Je lui jetai un regard noir,
sous le choc.

L'homme haussa les épaules avec un sourire
nullement déconcerté.

— Tu ne peux pas porter une robe comme ça sans t'attendre à être tripotée.

Je jetai brièvement un œil derrière lui. La voie était libre.

Je souris, posai ma main sur son torse et le repoussai.

Il vola en arrière, allant s'écraser contre les tabourets tandis que j'esquissais un « oups » ironique avant de disparaître dans la foule.

Merde, j'avais sous-estimé ma force.

Je retournai danser, me dandinant et agitant les épaules, laissant la musique me submerger. Je levai les mains.

Proie.

De temps en temps, l'armure parlait dans ma tête, généralement quand elle avait faim, toujours lorsqu'elle sentait de la nourriture à proximité.

Quelque chose fourmilla sur mon cuir chevelu et je me sentis guidée. Pendant un instant, il y eut un scintillement vert autour d'un homme, un type quelconque aux cheveux blond cendré. De taille moyenne, les cheveux courts, avec une chemise noire, il sondait la foule derrière son verre comme de nombreux autres clients en position d'observation.

Je croisai son regard et souris tout en me déhanchant, avant de me détourner.

C'était quelque chose que je n'avais jamais compris à propos des discothèques : les gens qui venaient voir les autres danser sans y prendre part eux-mêmes.

Proie.

« Damn, girl. You got it, girl; you got it, girl. »

Je traversai la masse en dansant dans sa direction. Une fois de plus, j'établis un contact visuel avec lui et souris. Puis je lui tournai le dos et l'ignorai quelques minutes.

La faim fit irruption en moi, creuse et sèche, avide de sang frais et chaud.

Mon horreur germa en même temps, dans ma partie humaine, celle qui savait que cette sensation n'était pas normale.

Tout aussi rapidement, la gueule béante de la faim disparut comme si elle avait coupé la connexion entre nous.

Proie.

Lorsque je croisai à nouveau le regard de ma victime, il désigna le siège libre à côté de lui.

Je me retournai et dansai un peu plus, agitant les fesses et laissant les lumières jouer sur ma robe dorée brillante.

Quelques minutes plus tard, je me frayai un chemin jusqu'au bar et m'assis nonchalamment à côté de lui, commandant un alcool hors de prix.

— Mettez son verre sur ma note, demanda-t-il, son regard fixé sur mon décolleté plongeant.

S'il était descendu un peu plus bas, mes tétons auraient été visibles.

— Tu danses bien.

Au moins, il m'épargnait une autre phrase

d'accroche de type Wi-Fi, même s'il ne gagnait aucun point d'originalité.

— Merci.

Il ouvrit sa veste et me tendit une carte.

— Je dirige une sorte d'agence. J'ai quelques clients qui, je pense, seraient très intéressés par toi.

Il me prenait pour une escort-girl. Parfait.

— Je ne suis pas à vendre.

— Je n'insinuais pas que tu l'étais.

Une odeur ressortait parmi les diverses senteurs discordantes de la discothèque – fumée, herbe, alcool, sueur, parfum, eau de Cologne, non, attendez...

Eau de Javel.

Acide.

Comme les autres tueurs en série que j'avais trouvés.

Chapitre 2

— Je ne suis pas du genre facile, dis-je en jouant avec le parapluie de mon cocktail.

Sa main se glissa jusqu'à ma taille. J'avais envie de la lui couper et de le laisser avec un moignon sanglant. La soif de sang de l'armure était d'accord avec cela.

— Peut-être que tu as juste besoin du bon maître.

— Maître ?

Je haussai mon sourcil soigneusement dessiné de manière aussi sexy que possible, faisant battre mes faux cils.

— Et tu penses être à la hauteur du défi ?

Il s'approcha, empestant l'alcool.

— Je suis à la hauteur de n'importe quoi en ce qui te concerne.

J'avais envie de laisser les lames sortir des écailles de mon avant-bras et lui transpercer les entrailles, sentir son délicieux sang chaud entre mes doigts. Je m'obligeai à poser la main sur son entrejambe et je sentis son sexe à moitié dur redevenir complètement flasque à mon contact.

Les tueurs en série qui ciblaient des femmes n'aimaient pas quand celles-ci prenaient le contrôle. Et leur aversion, qui se transformait en colère devant mon insolence, était le moyen idéal de m'assurer que je serais leur prochaine victime.

— Sortons d'ici.

Il attrapa mon poignet et je le suivis à l'extérieur de la discothèque.

Ses mains froides étaient moites et je résistai à l'envie pressante de les enlever de mes fesses. Je voulais essuyer ma paume sur ma robe et la tremper dans de l'eau chaude et du désinfectant.

— Est-ce que tu aimes les voitures rapides ?

Je m'écartai, incapable de supporter davantage son contact.

— Je ne sais pas, dis-je d'un ton délibérément taquin. Je suis difficile en ce qui concerne mon moyen de transport.

La voiturière approcha une Maserati, s'arrêtant devant nous.

À l'évidence, il compensait quelque chose. Je faillis lever les yeux au ciel avant de me rappeler que j'étais censée jouer les séductrices.

— Ça ira, dis-je, faisant mine d'être impressionnée.

Nous entrâmes et le moteur vrombit en prenant vie lorsqu'il dit :

— Je vis à Long Island.

C'était quoi, cette passion des tueurs en série pour Long Island ? C'était le quatrième que je trouvais qui y habitait.

Je retirai une peluche inexistante de son épaule, tout en imaginant trancher une ligne rouge le long de sa gorge.

— Tant que tu me ramènes en ville.

Nous nous arrêtâmes à un feu rouge. Il glissa sa main le long de ma cuisse et je frémis de dégoût.

Il sourit à ma réaction, prenant mon frisson pour un élan de désir.

Soudain, je sentis une vive douleur sur ma cuisse.

Je baissai les yeux pour découvrir une seringue avec un liquide clair enfoncée dans ma jambe.

— Qu'est-ce que c'est, bordel ?

Le premier véritable sourire apparut sur son visage, avec des plis autour des paupières.

KARA LOCKHARTE

— Tu verras. Bonne nuit.

— Qu'est-ce que…

Mes yeux se révulsèrent et je m'affalai sur le siège, espérant qu'il s'y attendait.

— Tu dois être fatiguée, dit-il d'une voix légère qui m'épouvanta. Aucune des autres ne s'est endormie aussi vite.

La soif de l'armure était vive en moi. La nourriture arrivait.

Il attacha ma ceinture, presque tendrement à présent.

— J'ai hâte de te ramener chez moi.

La voiture s'élança sur une route sinueuse, pour un trajet qui me sembla durer une éternité. Le rythme redoubla, les lumières devinrent plus brillantes et les sons plus creux tandis que nous traversions le tunnel du centre-ville. Mais le pire, c'était cette stupide mélodie de saxophone que les haut-parleurs beuglaient.

De tout ce qu'un tueur en série pouvait écouter, il fallait que le mien écoute Kenny G ?

Le solo de saxophone se répéta au moins deux fois avant que la voiture ne tourne en ralentissant. Petit à petit, le bruit de l'autoroute s'estompa.

Du gravier crissa sous les roues. Lorsqu'il ouvrit sa portière, je sentis des effluves iodés. Nous étions près de l'océan. Je continuai à faire la morte tandis qu'il me passait par-dessus son épaule, ignorant mes chaussures qui tombèrent. Il referma la portière d'un coup de pied.

J'entrouvris un œil pour voir de grands pins

220

et une rangée de lampes solaires. Un vieux nain de jardin usé par les intempéries et au nez cassé était posé sur le gazon, devant la maison.

Sifflotant la même satanée chanson de Kenny G, il ouvrit la porte d'entrée.

Et mon sang se réchauffa en sentant l'odeur.

C'était celle du sang frais, de la viande fraîche, les relents d'une boucherie.

C'était également celle de la Dévoreuse, le monstre qui avait contrôlé l'esprit de Lucas et le mien pour que nous nous battions à mort.

La faim en moi se mêla à la peur tandis qu'il me faisait rouler sur le canapé. Ses pas s'éloignèrent. J'étais tiraillée entre le désir éperdu de m'enfuir très loin et de rester pour terminer ma chasse.

Mais cela n'avait rien à voir avec la fuite ou la traque, me rappelai-je.

Il s'agissait de trouver Val.

Au début, j'entrouvris les yeux très légèrement. Une énorme télévision cubique était posée sur un meuble en chêne. Tout autour, sur des étagères en cristal, se trouvaient des verres de vin remplis de fleurs en plastique et de morceaux translucides qui ressemblaient à du plastique. Une vieille banderole brodée était accrochée à l'une des étagères, sur laquelle on pouvait lire « Bénissez cette Maison », mais l'un des bords était curieusement brûlé.

Une porte s'ouvrit et son rire résonna dans toute la maison.

Y aurait-il un problème si la Dévoreuse se

manifestait ? Le plus probable, c'était qu'il ne s'agisse que d'une partie d'elle, auquel cas je pouvais l'assumer.

Dans le cas contraire, eh bien, je connaissais les risques avant de venir, pas vrai ?

Proie.

Exact. Je devais me concentrer là-dessus. La faim.

Proie.

Enfin, la porte se ferma derrière lui.

Je bondis alors sur mes pieds. Dans la salle à manger adjacente, avec une nappe en dentelle recouverte de plastique, une série d'écrans d'ordinateur vrombissaient, leur lumière bleue illuminant la pièce. Je les aurais ignorés si ma vision améliorée n'avait pas reconnu une adresse e-mail déjà lue auparavant.

Il avait eu la générosité de laisser sa boîte de réception ouverte. Je fis défiler les e-mails sans m'attendre à de grandes découvertes. Mais quelque chose attira mon attention. La photo de Val. Elle avait l'air battue et droguée.

Je suivis la chaîne d'e-mails. D'autres photos d'autres femmes dans un état similaire. La faim et la colère me nouèrent l'estomac, mais je les ignorai.

Les messages m'indiquaient qu'elle était venue ici. Mais ils l'avaient envoyée dans un autre lieu.

Où ça ?

Il s'agissait d'une opération bien plus vaste que les simples lubies d'un tueur en série.

Je me connectai à l'un de mes nombreux lecteurs du cloud et enclenchai le téléchargement, programmant l'application de sorte qu'elle se ferme automatiquement quand le processus serait terminé.

Proie.

Des chaînes cliquetèrent. Quelqu'un gémit.

Il y eut un cri interrompu.

Oh mon Dieu. Il avait enfermé d'autres personnes dans cette maison.

La nausée me brûla la gorge comme de l'acide.

Des écailles sortirent de ma peau, gainant mon corps sous mes vêtements, me donnant une force surhumaine.

Proie.

Je suivis la trace odorante de l'homme jusqu'à la porte de la cuisine, que j'ouvris d'un coup de pied. Je dus mettre mes mains devant mes yeux à cause de la soudaine clarté aveuglante provenant du sous-sol.

Au bas des marches, je distinguai ses baskets et une mare de sang.

— Tu es réveillée, dit-il comme si son chiot préféré était arrivé. Juste à temps.

Mes sens s'amplifièrent, m'indiquant que nous étions les seuls êtres vivants dans cette maison. Mon estomac me sembla lesté de plomb lorsque je pris conscience qu'il y avait d'autres personnes que j'aurais pu secourir.

D'autres Val.

Et je ne les avais pas sauvées.

Proie.

— La ferme ! criai-je.

Il contourna les escaliers. Je reculai alors que les écailles qui protégeaient mes mains les transformaient en serres aux griffes noires.

Ma chair trembla, mais ce n'était pas de la peur. C'était l'excitation de l'armure, l'impatience frémissante de la faim sur le point d'être assouvie.

J'ignorais ce qui m'attendait au sous-sol, par conséquent je fis quelques pas en arrière, continuant de jouer la victime. Affronter un ennemi dans un espace familier, c'était bien mieux que de lui faire face dans un endroit inconnu.

Il se rua sur moi rapidement, dans un élan qui témoignait de son entraînement, de sa force et d'une certaine habileté. Si j'étais quelqu'un d'autre, j'aurais été foutue.

Mais j'étais différente à présent.

Je tins bon, mes écailles absorbant l'énergie cinétique de sa charge pour la lui renvoyer.

L'impact le fit voler en arrière et il heurta l'armoire derrière lui. Le verre se brisa.

Je me frayai un chemin vers lui entre les éclats, même si les écailles qui formaient une botte noire sur mes pieds étaient une protection suffisante.

Ses tremblements, sa peur, sa panique, tout cela était bien trop délicieux pour ne pas le savourer aussi longtemps que possible.

L'armure perçut alors ce qu'étaient les

minuscules morceaux translucides dans les verres à vin : des ongles humains.

De ses victimes ? Le dégoût me retourna l'estomac.

— Tu es fini, dis-je. C'est moi le chasseur, à présent.

Du sang coulait de son visage et il trébucha avant de s'élancer vers la porte.

Je partis d'un rire joyeux en prévision de ce qui allait se passer. Oh, ce serait tellement amusant !

Alors que je sortais de la maison, il tituba et tomba. L'excitation de la chasse et de la faim me traversa.

Il chancelait sur ses pieds en essayant de fuir.

Un long fouet brillant jaillit de ma main, s'enroulant autour de sa cheville. Je tirai et il s'effondra. Je l'attirai alors à moi comme un poisson frétillant. Ses quatre-vingt-dix kilos et plus ne faisaient pas le poids face à mon armure renforcée.

Bientôt, il fut devant moi, mon pied contre sa gorge.

— Combien en as-tu enlevé ?

— Douze, répondit-il d'une voix rauque.

Je fis jaillir des aiguilles de mes orteils, perçant sa peau pour goûter à son sang. Tellement délicieux.

— Où sont les corps ?

Sa voix n'était qu'un gémissement aigu et pleurnicheur lorsqu'il souffla :

— Au sous-sol.

Son sang était presque enivrant. J'éprouvai l'envie irrésistible de le couper en deux pour pouvoir me délecter de sa richesse.

— Comme c'est original.

— S'il te plaît, dit-il.

Je souris en me baissant vers son visage fétide.

— Non.

Des serres sortirent de mes doigts à écailles et je les enfonçai dans son torse, brisant ses os et ouvrant sa cage thoracique.

Ma main comprima son cœur jusqu'à en faire de la chair pulpeuse. La vie s'échappa de ses yeux. Il n'était plus que de la viande morte.

L'armure but tout son sang, mais elle en désirait davantage, elle en réclamait plus. Par conséquent, j'enfonçai profondément mes serres pour rassasier le monstre en moi. D'abord le cœur, si plein et riche qu'il me fit agréablement tourner la tête, comme un bon verre de whisky Angel's Envy. Puis la trachée et l'œsophage, qui laissèrent un arrière-goût de chocolat dans ma bouche. Les poumons, oh, les poumons... Pourquoi les humains n'en avaient-ils que deux alors qu'ils étaient aussi délicieux ?

Un petit craquement se fit entendre derrière moi. Je fis volte-face, des lames jaillissant de mes avant-bras, prête à affronter tout ce qui arriverait.

— Lucas ?

Je m'étranglai, ma satiété aussitôt remplacée

par une horreur nauséeuse. Oh bon sang, venait-il d'assister à ce que j'avais fait ?

Lucas Randall, toujours vêtu de son T-shirt Einstein, m'observait derrière le viseur d'une arme, version extra-terrestre hyper-évoluée d'un fusil.

Il pointait son canon vers moi, émettant un sifflement menaçant.

— Dévoreuse.

La voix de Lucas grondait comme le tonnerre.

— Je sais ce que tu es. Et ce soir, je vais t'abattre.

Cliquer ici pour continuer à lire La Tentation du dragon!

À PROPOS DE L'AUTEUR

Kara Lockharte est une fille d'immigrants et l'auteure de la série *Les Dragons amoureux*, bestseller international, et des *Space Shifter Chronicles*. Elle écrit aussi sous le pseudonyme de Cassie Lockharte avec Cassie Alexander. Tout en jouant les chauffeurs pour ses enfants survoltés, elle aime écrire des histoires d'amour entre extraterrestres métamorphes sexy et virils et des héroïnes fortes. Après avoir vécu à New York, elle s'est installée en Californie, où elle regrette les bagels dignes de ce nom, mais où elle adore les fraises et le soleil.

Suivez Kara sur Facebook, www.facebook.com/karalockharte ou obtenez un livre gratuit sur son site web https://www.karalockharte.com/sign-up-to-be-notified-when-kara-has-a-new-book-french/

Dragon Cursed

Dragon Hunted

Dragon Mated

Lightning Source UK Ltd.
Milton Keynes UK
UKHW010636261021
392864UK00003B/459

9 781951 431105